纽伯瑞国际大奖小说

老烟草店的故事

The Old Tobacco Shop

[美]威廉·鲍恩/著 陈昊/译

团结出版社

图书在版编目(CIP)数据

老烟草店的故事 /(美)威廉·鲍恩著;陈昊译. -- 北京:团结出版社,2022.4
(纽伯瑞国际大奖小说)
ISBN 978-7-5126-9383-8

Ⅰ.①老… Ⅱ.①威…②陈… Ⅲ.①儿童小说—长篇小说—美国—现代 Ⅳ.①I712.84

中国版本图书馆CIP数据核字(2022)第077184号

出版：团结出版社
（北京市东城区东皇城根南街84号 邮编：100006）
电话：(010) 65228880　65244790　（传真）
网址：www.tjpress.com
Email：65244790@163.com
经销：全国新华书店
印刷：大厂回族自治县德诚印务有限公司

开本：145×210　1/32
印张：67.75
字数：1070千字
版次：2022年11月　第1版
印次：2022年11月　第1次印刷

书号：978-7-5126-9383-8
定价：198.00元（全九册）

出版说明

纽伯瑞儿童文学奖(The Newbery Medal for Best Children's Book),又称纽伯瑞奖,是以英国著名出版家约翰·纽伯瑞而命名。于1922年由美国图书馆学会(American Library Association)的分支——美国图书馆儿童服务学会(Association for Library Service to Children)创设建立,专用于表彰在美国儿童文学界有伟大贡献的作家们。至今已成为整个美国乃至全世界公认的儿童文学大奖。

纽伯瑞出生在英国的一户农家,他是自学成才的儿童文学作家和出版家。他打破当时保守的风气,崇尚"快乐至上"的儿童教育观念,开辟英美儿童文学之路,所以被后人称为——儿童文学之父,纽伯瑞的贡献对于儿童文学,可以说是个重要的里程碑。

纽伯瑞奖每年评选颁发一次,奖励前一年度出版的优秀英语儿童文学作品。此奖项设立金、银两个奖章,每年金奖设立一部、银奖设立一部或多部。设立至今,几百部优秀儿童文学作品已经荣获此奖项。

我们本次通过精心挑选、细致编辑,为大家整理了此套纽伯瑞国际大奖小说丛书,全套九册,多为历届获奖作品中的金银奖章作品。

老烟草店的故事

选取故事也多元丰富，或滑稽、玄妙，或温存、美好，或是展现不畏艰难的生活态度，亦或是在民族历史背景下的奋进。本本都各具特色，引人入胜，下面让我们先睹为快吧！

《老烟草店的故事》（又名《弗雷迪历险记》）以小男孩弗雷迪的视角，叙述他进入烟草店后的种种奇遇，结识了许多奇奇怪怪的朋友：店主托比、阿曼达姨妈、平奇先生、两个怪老头、水手等……在弗雷迪偶然一次偷吸了中国烟草而召唤出水手米曾后，他和朋友们进行了一次跨时空的魔法冒险。而文末笔锋一转又恰似一场梦境，梦醒回到现实更增添的是对时间的感悟。

《银色大地的传说》由十九个独立成篇的南美洲印第安民间传说组成。作者结合自己独特而丰富的南美洲旅行经历，从幽暗的丛林到无边无际的草原，从万里无云到白雪纷纷，俯瞰耸立的怪石，探索神秘的海底……让我们尽情遨游古老而神秘的异国大陆。同时书中人类与巨人、怪兽、女巫等超自然力量的斗争，又让故事惊险而有趣，堪称世界儿童文学中的珍品。

《海神的故事》是一部由幽默风趣的美国人讲述的中国民间故事，充满传奇色彩的故事扣人心弦。筷子的诞生、风筝的来历，呈现出似真似假的传说；买儿子的温父、懒汉阿喜、正事反干的真俊，一个个鲜活的人物看似可笑，却又从不同层面传达了中国古代人民数千年的智慧和思想精髓。

《扬子江上游的小傅》是一个充满着冒险和奇遇的励志故事。真实地再现了在军阀割据的年代，一个初到大城市重庆的农村少年小傅，被大名鼎鼎的铜匠唐老板收留为徒、视为义子，与同命相连的小李结下了深厚友谊，跟随年老傲骨的王秀才读书认字……小傅面对生活艰辛、城里人的歧视、时局动荡等等一系列问题，用淳朴的灵魂不断挣扎、成长，最终站稳脚跟。

《银顶针的夏天》故事发生在富有人情味的田园乡村，十岁的小女孩加内特在酷热的夏天，从干涸的河床上拾到了一枚银顶针，仿佛银顶针带来了魔法，使她的生活发生了一系列奇妙的变化：久旱的农场迎来酣畅的大雨，流浪汉埃里克成为她家里的一员，小猪提米荣获展会蓝丝带……这么多幸运的事情都在拾到银顶针后的夏天到来了。我们体会了纯真的乡间生活的同时，也感悟到人情的美好。

《消失的湖》讲述一对表兄妹朱力亚和波西娅暑假探险途中，无意间发现了大沼泽边矗立的一片颓废"鬼城"社区，开启一段神奇的冒险之旅。他们结识了乐观开朗的明尼婆婆和品达爷爷，得知了沼泽曾是美丽的湖泊，"鬼城"曾是考究的社区的秘密，这个奇妙的假期，他们用善良、勤劳、乐观的态度，创造了自己的"世外桃源"。

《风之丘》讲述了小伙子奥利弗因假期从舅舅家赌气出走途中，在风之丘结识了养蜂人，这个优美的地方和有魅力的人深深吸引他多次前往。从养蜂人讲的故事中揭开了整个家族的秘密，最终奥利弗用自己的智慧帮助舅舅解决了风之丘的问题。同时他自己的内心也得到了反思和洗涤。

《城堡镇的蓝猫》这是一个充满想象和寓意的故事，主人公是一只在蓝色月光下出生的蓝色小猫，它有着丰富的内心世界，因为特殊的毛色而有了特殊的使命——把《河流之歌》传达给城堡镇的居民，这首歌饱含人类友爱、善良、美丽、和平和知足常乐等最基本的价值观。在它到达城堡镇时，发现那里的人们心中充满着仇恨、不满、欺骗、互不信任。蓝猫历尽艰险，用积极坚强的品德最终完成了使命。故事有趣，情节悬妙，蕴藏哲理，也揭示了人们在面对真理、谎言、诚实及贪婪时的挣扎。

《自由战士》是一位少年跌宕起伏的成长史，也是美国历史的片段缩影，曾经恃才傲物、天资聪颖的银匠小学徒约翰，因意外事故断送了银匠生涯，从此命运改写，跟随爱国人士投身美国独立革命的洪流之中。"人，应该活得顶天立地……"他带着新的梦想为美国的历史增添了浓墨的一笔。

我们本次重新对"纽伯瑞国际大奖小说丛书"的整理出版，本着尊重原典的精神，所选篇目既符合青少年的年龄特点又触及心灵深处，读中有趣、读后有感，连成人也会跟随每部作品追忆那逝水般的美好年华。全书译文细腻传神，适合青少年与家长围炉共读。由于编者水平所限，在编辑过程中，书中疏漏之处在所难免，请广大读者不吝赐教！

目录

平齐先生和钟塔 …………………… 1
阿曼达姑妈和两个怪老头 …………… 9
教区委员的介绍 …………………… 23
让人印象深刻的哈伦先生 …………… 34
中国人的头像 ……………………… 43
雷穆尔·米曾 ……………………… 53
重合的大钟指针 …………………… 59
赛璐珞袖口和丝绸帽子 ……………… 66
圣 水 ……………………………… 72
希金森船长和西班牙海域 …………… 76
探险小队 …………………………… 82
"筛子号"的航行 …………………… 90
厨师小伙算旧账 …………………… 103
床垫的漂流 ………………………… 120

黑暗深处	126
林格船长和脑袋戏法	137
愤怒之峰和愤怒小塔	155
海盗研究者	163
敲门声	178
塔　城	191
设拉子的地毯商店	199
六个被封印的灵魂	209
白色火海	219
解除封印	223
山上的老人	234
国王的高塔	242
魔法师的咒语	249
老烟草店	260

平齐先生和钟塔

当那个小男孩儿第一次走近老烟草店时,在门前站了好一会儿,他的注意力都集中在门口那尊木制的雕像上了。

小男孩儿的爸爸穿着拖鞋坐在家里,等着小男孩儿买回的烟叶,这样他就可以抽他的烟斗了,可是小男孩儿看见了那个木制雕像就把所有的事情都忘到脑后了——"别在外面玩太久了",他的妈妈还叮嘱过,他爸爸还火急火燎地告诫:"赶紧的!"——不过小男孩儿这时都忘得一干二净了,他完全被那尊木制雕像给吸引住了:这个雕像是一个驼背的男人,比小男孩儿高不了多少,站在一个木制的箱子上,手中握着一盒木制的雪茄。他的背部在双肩之间高高耸起，他有着一张方正又瘦骨嶙峋的脸，没有戴帽子，头也秃了，一张大嘴，鼻子略微有点儿钩，下巴也高高地翘起来。他的胸膛明显地凸出，就像他的驼背一样。

小男孩儿名叫弗雷迪，他的妈妈就这样叫他，而他爸爸经常叫他"弗雷德"，有时候又会叫他"弗雷德里克"，实际上只要小男孩儿回家晚了，他爸爸都会盯着他——你大概也知道那种样子——然后吐出"弗雷德里克"。不过小男孩儿的妈妈永远只叫他"弗雷迪"，就算他回家晚了也是一样。

小男孩儿紧紧抓着他的钱（爸妈总是叫他这么做），继续盯着那尊雕像发呆。他想到："这个人的身体怎么会这么弯呢？"于是他开始前前后后地观察雕像，然后在想如果那个人手中的雪茄开始冒烟，他就和这个人交谈一下。这个雕像穿着蓝色的马裤，长度刚好到他的膝盖，还有黑色的长筒袜，一双带扣的鞋，外套是敞开的，两条带子垂在身后。即使他穿着马裤，也很容易就看出他不是一个男孩儿了；你只要看看他的脸，就会发现他脸上的那种瘦削的感觉只有成年人才会有。弗雷迪却铁了心喜欢这个人：整天站在门口忍受风吹日晒，还要向过路的人推销雪茄，但是却得不到别人真心的关注，这实在不是一件好受的事情。弗雷迪将手伸向那雪茄，但是很快将手缩了回去，因为他开始打量那个人的脸庞，他在那尊雕像眼睛里发现了一些与众不同的东西——弗雷迪不由得后退了一小步。

"对待平齐先生最好小心点儿,小家伙。"店内传来了一个低沉的声音。

弗雷迪往门内望去,发现一个人双手插在裤子口袋里,两腿交叉着斜倚在门柱上,他的个子比小男孩儿高不了多少,那尊雕像和他也差不多高,他正盯着小男孩儿看,好像他了解世界上所有的小男孩儿,而且从目光中透着对他们的不信任。弗雷迪也望着他和那尊雕像,心想这两个人也许是兄弟也说不定。那个小个子男人也是驼背,胸前也有块凸起的地方;他们都有又大又方的脑袋,高高的颧骨,瘦削的脸部线条,宽大的嘴巴,鹰钩鼻,还有上翘的下巴。不过这个小个子男人没有穿马裤,他的装束完全是成人式样的,外套也紧紧地在胸前扣着。他同样没戴帽子,头发也稀稀疏疏的,在他的前额垂下来。他好像和这间老烟草店合为一体了一样。

他双眼一眨不眨地盯着小男孩儿,在他的眼睛里闪烁着一些东西,弗雷迪后退了一步,将握着钱的那只手藏在身后。

那个小个子男人一动不动地说:"你最好离平齐先生远一点儿。"

弗雷迪说道:"好的,先生。"

"你说了'为什么'吗?你知道我聋得厉害,常常听不见那些小孩走路的声音。我来告诉你为什么。你看到教堂钟楼上的那座钟了吗?"小个子男人继续将手插在口袋里,向街上点点头。弗雷迪清晰地看到了那座钟。"很好,因为你的决心,我来告诉你这个秘密吧,但是不要告诉别人。你愿意用你的心向我保证吗?"

弗雷迪回答道:"是的,先生。"

驼背的小个子说道:"好了,平齐先生的父亲住在那座钟的后面。有时候,大钟的两根指针重合到一起了,平齐先生的父亲就要在钟楼上呼唤平齐先生爬上钟楼,平齐先生的父亲是一位小个子的老人,有着长长的白胡子。这时,平齐先生就会进入教堂,爬上高塔,去见他的父亲。他们在那里藏着你从没有见过的珍馐美食,小子,你出生到现在从没有见过那些好吃的东西。而且他们不只吃那些东西,有时候他们还会抓住一两个漂亮、健康的小孩子,尝尝那些小孩身上的肉,这是他们最爱的美餐了;有时候深夜还会有很多怪人在钟塔上和他们聚会,发出很多奇怪的叫声——你去问问附近的居民'六分仪'就知道了,他听见过——当你碰巧路过平齐先生身边的时候,就要小心了,因为他很可能把你抓走,带到钟塔上去和他的父亲一起享用。如果你真的不幸落入他的魔爪,那你可就惨了,无论你爸妈怎么哭号,你也回不去了!从来没有小孩子逃回来过。据说已经有很多小孩子被抓走过。但是平齐先生也不是每次大钟指针重合时都会出手,没人知道他到底什么时候行动;平齐先生也不知道他的父亲什么时候会呼唤他。上帝保佑我们!"驼背的小个子长叹一声,再次警惕地看了钟塔一眼,"上帝保佑,看看吧。"

弗雷迪盯着那座大钟。现在是五点二十五分。他知道怎么看钟,知道怎么分辨十二点和九点五十分,但是他却看不懂五点二十五分;他现在眼中只能看到两根指针相距很近了。弗雷迪赶紧躲开那尊雕像,他感觉那只握着雪茄的手好像动了一下。

门口的驼背男人这时站直起来,把手也从口袋里拿了出来。

他说道:"小心点儿,小不点儿,时间就快到了!一会儿工夫!如果平齐先生的父亲走了出来,我也无能为力——快点儿,小子!到我这里来,我来看看怎么救你吧。"

弗雷迪又望了一眼大钟,两根指针就快重合了。他飞快地藏到驼背男人的身后,用他的外套挡着自己,而且惊慌失措地四处张望着。驼背男人用手揽紧弗雷迪,他的手很强壮,这让弗雷迪感到很安全。驼背男人并没有笑,他脸上的表情和原来一样严肃,但是弗雷迪却感觉到他的身体在颤抖,弗雷迪有些不大明白。

驼背男人说:"你最好进来见见阿曼达姑妈。在这里你很安全。"

于是他就把弗雷迪拉进了店里。

这间老烟草店开在两条街的街角处,如果你在这个城市待过,那你一定知道这里有条叫做帕塔普斯可的运河经过,形成了一个巨大的河湾,这里的船只开往全世界,而这个河湾名叫切萨皮克湾。

老烟草店是一间旧的砖砌房,你得从街角旁边店侧面的门进来,因为在正面没有门,只有一扇展示雪茄烟草和烟斗的橱窗。这间房子只有一层半那么高,有着尖尖的屋顶,屋顶上有两扇窗户,左右一面一扇。街上其他的房屋都有两层高,为什么只有这间屋子与众不同,没人知道原因。

在弗雷迪被那尊木制雕像吸引之前,他站在街角,顺着街道一直望下去,看见了这家烟草店,也看着河湾里的那些船只上高高的桅杆,有些风帆迎风飘扬,有些风帆则破破烂烂的,还有些风帆紧紧地卷在一起,他就决定来这里买香烟,即便他爸爸叮嘱过他要快点儿回去。

弗雷迪住在街边一套两层高的砖房里,离这里隔着一整条街,跑到这家老烟草店来要花很长时间,而且半路还住着一个大孩子,他是街道里帮派的一员,老是会欺负路过的小孩子，你得瞅准机会才能避开他。路上还有一处堆满破烂儿的院子，你在这里可以看到各种各样生锈的弹簧、床杆、鸟粪还有箍桶环堆得高高的，还有一个生产罐子的工厂，到处都是好玩儿的东西，你甚至可以拾到小硬币。路上的那间教堂里有一个胖老头，他总是背对着教堂，搬张椅子坐在路上，抽着自己的大烟斗，他就是这么自得其乐，就算被路上的人打量也无所谓。还有在路上你一定得小心马车，尤其是当马一路小跑的时候——不过弗雷迪还没有在那套两层高的房子里住多久，这一切对他来说是那么的新奇有趣，怎么看都看不厌。不过他发现的最新奇的东西就是老烟草店门口那尊木制雕像，你应该知道他在那尊雕像上耗了多少时间了。

弗雷迪发现自己已经身在那间烟草店里了，自己还紧紧地抓着驼背男人的手，他不由得松了松手，但是驼背男人却把他揽得更紧了。驼背男人说道："过来，你得见见我们的阿曼达姑妈，否则平齐先生就等在外面，你要是落在他手上还想往哪里跑？"

弗雷迪回头望望门口，不过好像还没有到平齐先生出来的时候。他喘了口气。这家店非常小，柜台后面的货架紧挨着墙，一面窗子挡在那只标本狗前面。柜台里陈列着各种烟斗和烟草以及香烟，货架上堆着装有香烟和烟草的瓶瓶罐罐，木制柜台上放着一个切烟草的机器，一架天平，还有一把小铲子，金属的砝码都放在一个小盒子里。柜台离前窗比较远，左边就是他进来的门。在前窗边上有一把带有扶手的木制椅子。只要有一扇旋转门，你就可以走到柜台的后面。这个地方弥漫着一股温暖的气味，很像弗雷迪在他爸爸打开金属烟草盒子，开始装烟斗时闻到的那种味道。这是他爸爸晚上回到家的时候做的。可弗雷迪总是不明白，为什么每天早晨妈妈都要打开所有的窗户通风。

驼背男人说："很好，小家伙，我们到那边的门去，这样我们就安全了。走吧。"

于是他们走到了店的后门，驼背男人打开了后门，将弗雷迪拉进了店后面的房间，然后关上了门。弗雷迪往后缩了一点儿，但是手被驼背男人紧紧地抓住了，这样弗雷迪就算用尽全身力气也跑不了。这时候弗雷迪其实不大害怕平齐先生和他父亲了，只是他不知道驼背男人会对他做什么，而且老爸叫自己快点儿回家。

在那间房子里，一位女士坐在窗边。驼背男人将弗雷迪带着走向她，在她面前站定，向小男孩儿摆了摆头。这时女士眼也不眨地望着手拉着手的两个人。

阿曼达姑妈和两个怪老头

"这就是阿曼达姑妈。"驼背男人为窗前的女士介绍道,而且松开了弗雷迪的手,"这是平齐先生快要抓到手的一个小男孩儿,多亏了我及时赶到。阿曼达姑妈,你望望窗外,看看平齐先生有没有开始活动。"

女士并没有往窗外看,而是紧闭着嘴盯着弗雷迪看。她的嘴唇非常薄,紧紧地合在一起,忽然很严肃地对驼背男人迸出了一句非常难懂的话。

弗雷迪根本没有听懂这句话。他仔细打量着这位女士,她非常单薄,鼻子又钩又高,皮肤略带红色,下巴左边有一个小肿块,上面还长着三根红色的毛发。她穿着一件黑色的衣服,腰部以上非常紧,但是腰部之下又非常宽松,在这件大衣的中间粘着很多图钉和针。当她站直时一定很高。她坐着的椅子背后靠着一根藤条,她有一点儿瘸,不是很严重,但是足以让她步履蹒跚,所以她得用那根藤条当拐杖。如果她有一点儿脖子僵硬,头上戴着饰带,活脱脱就是历史画中的伊丽莎白女王。她右手第二根手指上戴着一个顶针,腰间挂着一把剪刀,脖子上还缠着测量用的带尺。地板上她的脚边堆着一堆东西,都够到了她的膝盖。这堆东西弗雷迪在妈妈那里也看到过,她在摆弄蓝色斜纹哔叽布料时身边也有一堆这样的东西,不过当妈妈听到爸爸往客厅走来的声音时就会赶紧把这些东西收起来。

　　阿曼达姑妈手边还有一张椭圆形的桌子,桌上有不少好玩的东西。桌子中间有个玻璃罩,罩着一个漂亮的花篮,其中大部分都是马蹄莲和百合,每朵鲜花都挂着长长的花穗。花篮的另一头是一本很厚的蓝色绒毛封面的书,封面上写着"相册"两个字。桌子的另一边有一个奇怪的东西——木制的框架围着两片厚玻璃,如果你透过这玩意儿看别人,有时候人会变得很大,就像在你面前,有时候又好像离你很远(实际上这是副眼镜),弗雷迪的爸爸也有一个这样的玩意儿。

　　屋里的椅子腿都是弯曲的,椅子上面还垫着毛皮坐垫，弗雷迪很讨厌坐在这上面。墙上挂着木制的画框，是一些肖像画，有些人有胡子，有些人没有，还有些戴着围巾和帽子的女士，不过还有一个方形的画框，并没有放任何图画，而是装着一束小麦，很漂亮。壁炉架上有一口钟，又高又方，你可以清晰地看到那钟摆来来回回地荡着，还挂着一张照片，照片上的人面色红润，大鼻子大眼睛，一头红发在脑后飘扬着。

阿曼达姑妈取出一个别针握在手里。弗雷迪在打量了一番室内摆设之后，再次注视着她，猜想这位姑妈到底是做什么的。很明显她在缝纫，而且很明显是位姑妈。尽管除此以外弗雷迪也看不出什么来了，我还要补充几句，她是一位老——你知道的，我不喜欢这么说，这不是针对这位姑妈，有时候你就是会在她们经过时悄悄地念叨，只是因为她们从没有结过婚——老小姐。

作为一位老小姐，她手上自然没有戴婚戒，不过她的无名指，也就是戴婚戒的那根手指上，却有着戴过戒指的痕迹，看形状和大小，那应该是枚红宝石的戒指。之后弗雷迪会常常看见那枚戒指。

她的侄子——驼背男人又握住弗雷迪的手，说道："阿曼达姑妈，你看这里，你知道我有时候不大弄得懂你和你那堆别针……"

阿曼达姑妈将手移到唇边，取下了自己衔着的一枚别针，又把它挂回自己的衣服上。这个动作她又反复做了好几次，取下了一枚又一枚别针。弗雷迪眼睛睁得大大的，心想：这个阿姨吃别针吗？好像她的嘴里塞满了别针。难道不会弄痛自己吗？不过不可能她吃了它们然后再吐出来。毫无疑问，如果这样她就不能说话了。阿曼达姑妈的动作好像总也没个完，不过最后总算结束了，阿曼达姑妈终于开口了。

她说："托比·立特巴克，又玩你那套小把戏了，你难道不感到羞愧吗？"这下终于解释了她开始那句难懂的话，因为那时候她嘴里塞满了别针。

托比显得垂头丧气。他说："好吧，我猜现在也没必要藏着掖着了，我所做的一切，都是为了带这个小孩来见你。我总是把这件事挂在心上。以后我再也不为这个劳神了，真无聊。"

阿曼达姑妈回答道："让我们见见这位小朋友吧，你看不见自己都把他的手弄伤了吗？过来，小家伙。"

立特巴克先生放开弗雷迪的手，走到他姑妈的身边。弗雷迪畏畏缩缩地走过去，站在阿曼达姑妈膝前。她仔细地端详着这个小男孩儿。

然后她说道："这是最好的一个，小家伙，你知道自己多么漂亮吗？嗯，你叫什么名字？"

如果有什么弗雷迪不喜欢的事,被人叫做"漂亮"就是其中的一件,他以前就不愿意别人这么喊他。在家里的客厅中,那时他被拖到来访的女士面前,他试了很多次想擦掉抹在脸上的腮红,但是发现越弄越糟。他扬起自己的脸,一言不发。阿曼达姑妈于是就轻轻地捧着他的脸。

她说:"没关系的,你叫什么名字啊,小可爱?"

小男孩儿回答:"弗威迪。"

立特巴克先生喊起来:"根本不是,根本没有这种名字,是弗雷迪!过来,说'弗雷迪'。"

小男孩儿坚持说:"弗威迪。"

立特巴克先生叫道:"不,不,再试试,说'弗雷迪'。"

阿曼达姑妈发话了:"闭嘴,托比。弗雷迪,我没有孩子,而且我也不经常出门,我希望你能经常来看看我。你愿意吗?"

弗雷迪注视着她:"我愿意。"

"我希望你能常来。你得保证。我猜你一定喜欢姜饼吧?托比。"

驼背的立特巴克先生端着一盘子姜饼走过来。阿曼达姑妈说:"刚烤好的。不过现在是几点?六点差一刻。太靠近晚饭时间了。你可不能现在吃,弗雷迪。托比,把这些包起来。"

托比返回店里取了一个纸袋，包好了姜饼交给弗雷迪。

阿曼达姑妈说道："现在回家去吧，晚饭之后吃姜饼。你会再来看我吧？"

弗雷迪真心诚意地回答："是的！"你不可能每天晚饭之后还能吃到姜饼这样的好东西。

"真是个好孩子。现在快回家吧。"

弗雷迪拿出钱来："先生，我爸要半磅卡格洛奇·米奇勒烟草。"

托比说："什么？哦，我明白了，半磅大篷车混合烟草，行啊，小家伙，跟我到店里来。"

"再见，弗雷迪，回家路上别把姜饼弄碎了。"阿曼达姑妈叮嘱道，又开始把别针扔进嘴里。她真的会吞下它们吗？弗雷迪警觉地看着她。

"你来不来取你的烟草啊？"托比不耐烦了，"我不能让顾客们总是等着吧。"

弗雷迪跟着他走回店里。

托比说道："你得排队，小家伙，我不能再让这些顾客等着了。你要什么，阿普乔恩先生？"

弗雷迪想看看阿普乔恩先生，但是店里除了自己和立特巴克先生以外没有其他人了。立特巴克先生穿过旋转门到了柜台后面，开始为阿普乔恩先生找商品（他的头和肩部几乎都快持平了)。

托比说道:"对不起,这东西我们卖完了。不过我有一样好的玩意儿。不要吗?好吧,请你明天再来。是的,十点和十一点之间。现在轮到你了,汤姆。你想要什么啊?不,我不会卖香烟给小孩子,你别想了。你这个年纪抽烟真应该感到羞愧。别耍嘴皮子了,我不会卖给你的。你可以出去了。"托比盯着弗雷迪,"这就是我对待他们的方式。你看到这小子像兔子一样溜了。你看到了吧?"

弗雷迪看着那扇门。他一个人也没看见,不过这些话总得对着什么人说吧。他自己也糊涂了,也许自己弄错了也说不定,大人们应该知道自己在说什么,也许确实有那些人。弗雷迪有些头晕了。

"是啊是啊,嗯,先生。"

"你别愚弄自己,小家伙。如果你想长大,现在就不能抽烟。看看我,看到了吗?"托比转了个身,"这就是香烟给我的礼物。香烟。我小时候一边喝牛奶一边抽烟,看看我现在成什么样子了,和外面的平齐先生差不多高。香烟。也许你在想说不定是牛奶让我变成这样的,而不是香烟。你可不能这么想。香烟。你得离它们远远的。现在谈谈烟斗!烟斗完全不一样。如果我只是抽烟斗喝牛奶,现在会长多高啊!你爸爸要什么烟草来着?家庭主妇最爱的那一种?"

弗雷迪说:"不是,先生。我爸爸要的是半磅卡格洛奇·米奇勒。"

托比说:"对了,就是这个。我不知道自己为什么会忘记这个名字,你爸很有品位,没有什么比卡格洛奇好,给你。"他转到身后的货架,踏上梯子取下了一个大罐子,挖出一些烟草,然后用天平称了起来,一边工作一边哼着小曲,弗雷迪聚精会神地看着他变魔术一样的动作。

立特巴克先生一边做活儿一边望着弗雷迪,开了口:"有些时候如果你不小心的话,你的眼睛就会在你脑袋上忽然爆炸开来。你以前听过这首歌吗?"

"没有,先生。"

"那你喜欢它吗?"

"喜欢。"

"这首歌讲的是两个怪老头的故事——他们都是我的好朋友,他们经常到这里玩。一个是很好的顾客,总是钱货两清。另一个总是什么都不买。我不知道自己更喜欢其中哪一个。这首歌是这么唱的:"

"哦哦哦!有一个怪老头,他有一条木头腿,他四处乞讨,所以从来不用买烟草。"

"你可不能染上这个习惯啊。一定要堂堂正正买自己的烟草。我以前就认识这些人——这个怪老头还有其他许多人——他们口袋里总是没有一点儿烟草叶子——总是在两分钟前抽完,还总是向别人乞讨一烟斗的烟叶,在我的店里也是这个样子。我在这里出售烟草,但是从不施舍——其实我宁愿他们偷偷摸摸进来偷走他们想要的东西,真的,哪一天都可以。不过另一个老头嘛,我也不知道自己是不是愿意当这样的人,不管怎么样——啦啦啦,另一个怪老头啊,狡猾得像一只老狐狸!他的旧烟盒啊,总是满满的。"

"他就是这点不太讨人喜欢。他从来不赊账,也不给别人递烟。但是他不像另一个老头那么讨人厌,这个老头总是一手交钱一手取货。我得说这点很不错。不过我也不是很喜欢他。"

"一个怪老头总是说啊,您能分我抽一口吗?另一个就会回答,要是让我这么做,还不如把我绞死算了!"

"真是天生的一对,是吧?一个整天讨人厌,一个每时每刻都在发牢骚。你这些天来看阿曼达姑妈时,肯定会在我的店里看见他们的,——你刚才看到我怎么赶跑那个想要香烟的男孩了吗?我也准备这么整治那两个怪老头呢,你好好看着吧。这是板上钉钉的事,就像我的驼背一样。不过毕竟这是很好的建议,就像歌里唱的那样——"

"收起你的零钱吧,你的旧烟盒里会一直让你有烟抽!"

"这是你的卡格洛奇,把钱给我吧。给你找钱,五,十,十五,十七。现在快回家吧。记住常回来看看啊,你叫什么名字来着?"

"弗威迪。"

"你是说弗雷迪,是吧?"

"是啊,先生。"

"为什么你不说出你的小心眼儿呢?好吧,弗雷迪,店里还有很多烟草,所以你的旧烟盒什么时候空了,就过来好吗?别忘了来看看阿曼达姑妈。店里还有其他很多好玩的东西——你都看过了吗?"他指向货架,"我可以告诉你一个小秘密,以前我很少告诉别人的。货架上有一个烟草罐子,它具有魔法的力量。魔法!你知道这是什么意思吗?"

弗雷迪警惕地向货架上看了一眼,点点头。

"就是中间架子上的那个,看见了吗,中国人的头像。"

立特巴克先生指着一个白色的瓷罐,形状就像一个人的头颅。弗雷迪看得出来那是外国人的头像,罐子顶上还有一个蓝色的盖子。

"这个罐子里的烟草是有魔法的,千真万确。就算你把这个城市里所有的圣诞节布丁给我,我都不会抽这种烟草,绝对不会,先生。而且我也不许别人抽,我根本不敢尝试一下。你知道这些烟草来自哪里吗?一个水手在码头把这些烟草卖给了我,这些烟草都是中国货——是的,先生,中国!——一磅成交,你可以把这当作割肉,不过他也用不着这些东西,他从来不抽,不过他咀嚼这些烟草。而且他告诉我,这些是他从一位中国道士那里偷回来的。你从来都没碰过这些烟草!如果你抽过这些烟草,我现在就在你的鞋子里了。这个店里所有东西你都可以偷,因为对别人都没有害处,但是这个罐子里的烟草千万碰不得,记住我的话!"

弗雷迪开口了:"是的,先生。"他从没有想过抽烟这件事,不过现在他脑海里开始想象自己要是会抽烟那该多好。为了尝试一下那神奇烟草的效果,冒一下险也是值得的。

立特巴克先生问道:"你不认为你该回家了吗?"

弗雷迪回答:"是啊,我爸叫我要快点儿的。"

"哦,是啊,确实如此。"

立特巴克先生送弗雷迪出了门,他们俩又看了一眼教堂的钟塔。

立特巴克先生说:"没事,你很安全的。现在六点,平齐先生的父亲半个小时内都不会出来的。"

弗雷迪回头望望,发现立特巴克先生倚着那尊木制雕像,交叉着双腿。弗雷迪几乎都分不出谁是谁了,只有靠衣服和裤子才大概能辨别出谁是立特巴克先生。弗雷迪拿着那包烟草顺着街道继续走下去,另一只手里拿着那包姜饼。当他路过教堂时,他转悠了一会儿,盯着坐在人行道上的那个大胖老头看,那个胖老头抽着长长的烟斗在看一张报纸,这就是立特巴克先生提到的,教堂的"六分仪"吗?就是他听见过平齐先生父亲的呼唤声,还有他们的恶作剧吗?弗雷迪努力鼓起勇气去问个究竟,不过却组织不好语言。他盯着那个人好久,最后那个胖老头被盯得放下了报纸,把烟斗从嘴里取了出来,透过眼镜来打量这个小男孩儿,然后问道:

"小家伙,如果你想讨些钱的话,我倒要看看教区委员会对此说些什么。你想要多少?"

弗雷迪脸涨得通红:"不是的,先生。"然后又走回了街上。他没有弄明白那个胖老头说的话,不过他记住了"教区委员"这个词。

他并没有走得很快,因为他有一肚子心事要想,以前从来没有遇到过这么多好玩的事。在他的脑海里一直在琢磨两个怪老头的事,自己的爸爸从来不知道省下自己的零钱,否则他的烟盒也不会老是空空荡荡的了。不过弗雷迪又很高兴自己的老爸出手大方,这样他才有机会去老烟草店买烟草;除开阿曼达姑妈和她的姜饼,他还非常渴望再看到神奇的中国烟草罐子,虽然自己不能碰。有一件事可以肯定，他再也不会出门前不看时间了。弗雷迪希望自己会抽烟就好了，不过光是想想香烟会把人变成那个样子就让弗雷迪浑身发抖了。

当弗雷迪走到马路上时，一辆马车经过他身边，弗雷迪不想被马踩到，所以只好等着，因为马会一路小跑着过来，弗雷迪的妈妈早就告诫过他这一点，于是弗雷迪坐在路边等着。他等了好一会儿，不由得瞥了一眼自己手上的姜饼。他把烟草袋放在路边，打开了另一个袋子。这时拉马车的小马已经在慢慢地踱步了，走得那么慢以至于小马胸前的铃铛都不会响了，不过弗雷迪不赶时间，即使马在踱步也没必要走在它前面。弗雷迪看着那些姜饼，新鲜又柔软，闻起来香甜无比，要是再把这样的美味放进袋子里就太可怜了。不过马车已经驶过去了，于是弗雷迪把姜饼举到鼻子边上，深深地闻了一口，姜饼碰巧碰到了弗雷迪的嘴唇，这感觉太奇妙了，弗雷迪都没有办法分辨出来，所以他又把姜饼送到舌边，轻轻地舔了一下，看看感觉是不是和刚才一样。差不多的感觉，也许牙齿触碰的感觉会不同，于是弗雷迪轻咬了一下，只是想试试看而已。马车经过身边，驾车人望着弗雷迪。弗雷迪望着马车，一下子忘记了自己的目的，当马车驶过之后，弗雷迪发现姜饼已经整个儿在自己嘴里了。弗雷迪想了又想这是为什么，也没想出个头绪，现在只好把姜饼吞下去了，弗雷迪的妈妈从来不许他把食物吐出来，现在就听妈妈的话吧。马车已经驶出好远了，弗雷迪现在随时都可以过马路，不过没必要这么赶嘛。

当他回到家里时，手上只有一个烟草包了，妈妈一把把弗雷迪拽过来，喊道：

"怎么回事？你到底去哪里了？是不是迷路了？饿不饿啊？"

弗雷迪回答道："不饿，哦，很饿。"

爸爸用一贯的严肃目光盯着弗雷迪，终于开口了："弗雷德里克，上哪儿去了？不是说过让你快点儿回来的吗？"

"是，爸爸。我上平齐先生那里去了，我根本没见到他父亲，不过那两根指针还没有重合，所以他也不会跑出来。之后托比先生带我去见了阿曼达姑妈，她吃了很多别针。香烟会让你变驼背，只有抽烟斗才没有什么害处，这是托比先生告诉我的。他自己就是驼背，所以应该了解得很清楚，但是你不能碰那个魔法烟草罐子，水手这么说来着，给你卡格洛奇·米奇勒，就是这个样子的。"

你看到了，弗雷迪一个字也没提到姜饼的事。

教区委员的介绍

之后每一次弗雷迪去老烟草店——他实在去了很多次，不管家里的烟盒是不是空了，因为那里有些事情吸引着他，他从来没有发现过更好玩的事情；总是有好吃的姜饼，不过你也得看阿曼达姑妈吃别针，托比先生总是唱着两个怪老头的歌，讲关于他们的故事，平齐先生也一直在等待他父亲的召唤，所以你还得时刻注意着时间，至少看看钟（这两者可不一样）。有时候托比先生会让你走到柜台后面来，让你自己挖烟草出来，并且用纸包烟草，当他转过身去背对你时，你可以偷偷地看一眼货架上那个神奇的烟草罐子，想象一下自己抽了两口之后会变成什么样子——我好像忘记想要告诉你什么了。哦，对了，每次弗雷迪去老烟草店，托比先生都要问一下他的名字，看看他是不是已经长大了。

托比先生一般会说："今天你叫什么啊？"

小男孩儿的回答是"弗威迪"。

"哎呀，你还没有长大。很遗憾对你这么说，孩子，不过在你长大之前要等上好一会儿的。我来告诉你吧，大概会是六个月的时间。"有一次托比先生这么说道，"如果你六个月之后还没有长大，那你就没希望了，我讨厌这么说，不过这个道理你总有一天得懂的。"下一次小男孩儿过来说自己叫"弗威迪"的时候，托比先生说："好吧，没关系，你还有五个月二十八天，还有希望。我希望你不会永远做一个小男孩儿，不会永远长不大，你会这样吗？"弗雷迪警惕地看着他说："才不会，先生。"托比先生接着说："这样，你最好留神你的P和Q。"

弗雷迪想问问什么是P和Q，不过你一定也看出他是个害羞的孩子，总是不能鼓起勇气。他在家里的字母表上看见过P和Q，不过他不知道怎么留神它们；他知道注意自己的妈妈——只是某些时候。不过你怎么能留神那些书中的字母呢，它们又不会说"别做这个"。就像妈妈一样？弗雷迪很想知道答案，因为他知道自己的时间没有多少了，永远长不大的念头太恐怖了，就和抽烟的结果一样恐怖。实际上,现在只剩下一个星期了,弗雷迪还是没有长大。

不过一天早上,当教堂大钟的两根指针还分得很开的时候,也就是很安全的时候,弗雷迪经过平齐先生,打开了老烟草店的门。托比先生站在柜台后面,在忙着打一个小包裹。他一边捆扎,一边开口说:

"好了,小家伙,下一个就轮到你了。这个包裹是给那个狡猾的怪老头准备的,他很快会回来取这个包裹,如果还没有准备好,——哇哦!他一定气炸了。现在,你想要什么?一磅'少女的祈祷'烟草?"

"不是,先生,"小男孩儿说,"我什么都不想要,我就是过来看看。"

"哦,你就是过来看看。顺便问一句,你今天叫什么啊?"

"弗雷迪!"

托比先生丢下了那个包裹,靠在柜台上,好像吓了一跳的样子。

"你说什么?"

"弗雷迪!"小男孩儿自豪地喊着。

"好啊!上帝保佑,假如我还活着的话!这小家伙怎么能这么若无其事呢?"托比先生一脸严肃地说,然后他走到柜台边上,穿过旋转门走到弗雷迪的面前,抓着弗雷迪不停地摇晃。"年轻人，祝贺你啊。现在一切都好了，你已经脱胎换骨了，请允许我再一次表达我对你的祝贺，接受你的朋友，托比·立特巴克最诚挚的祝福吧。"

弗雷迪眼睛睁得大大的："请吧，先生，现在我已经长大了吗？"

托比先生不说话，而是做出好像要拥抱小男孩儿的样子，很明显托比先生认为现在这样好极了。

"你是不是长大了？你当然是啊！我不是告诉你了吗？不过可不能无法无天啊，你不会认为你长大了，就可以抽烟了吧？"

弗雷迪热切地回答："哦不，先生。"

"我希望如此。那个中国的魔法烟罐就在那里，你不要打它的主意，知道吗？"

弗雷迪带着一丝迟疑回答："不会的，先生。"他现在只觉得那个烟罐比世界上的其他一切都要具有吸引力。如果长大不能让你去尝试一点儿新东西，那么还要长大干什么？

"好了！"托比先生说道，"我们得庆祝庆祝，现在我们去看看阿曼达姑妈吧。"

他又抓着弗雷迪的手，拉着弗雷迪穿过后门，走进阿曼达姑妈的房间，阿曼达姑妈正坐在那张放着鲜花的桌子旁边，认真地在缝纫。

托比先生喊道:"快点儿!快点儿!告诉阿曼达姑妈现在你的名字!你叫什么?"

小男孩儿清晰地说出:"弗雷迪!"不过却低着头,怕自己显得太过骄傲了。

托比先生说:"我们今天总算长大了,让我们庆祝一下吧。"

阿曼达姑妈惊讶地扬起眉毛,像上次一样含糊地吐出一句话。

她把手移到嘴边,吐出一堆别针,把这些别针放到桌上,然后开口说:

"上帝保佑这个小家伙!你现在真的长大了吗?"

弗雷迪一边说"是啊",一边又低下了头,他可不想露出一副喜滋滋的样子。

阿曼达姑妈盯着弗雷迪看了一会儿,然后取出手帕,很大声地擤着鼻子。

她说道:"托比,你打算怎么庆祝啊?"

托比回答:"明天周六,就那个时候吧。"

"好吧,那有什么内容?"

之后他们俩谈话的内容弗雷迪就不太明白了,只知道谈话的内容一部分是关于自己的,直到阿曼达姑妈说:"你最好问问他妈妈。"

托比先生说："年轻人，你帮我带一封信给你妈妈可以吗？"

弗雷迪回答："好的，先生。"这时托比先生已经坐在桌子旁边开始奋笔疾书了。

阿曼达姑妈说："首先，还有些圣诞节的水果蛋糕在……"

托比先生叫道："在这里！"便连蹦带跳地跑进了厨房。

弗雷迪坐在阿曼达姑妈脚边的坐垫上吃着水果蛋糕，托比先生则继续写他的信，他中途出来递给弗雷迪一个大玻璃杯，里面盛满了柠檬冰茶。

托比先生说："可别乱跑洒在地毯上啊。"然后坐下继续写信。

"不会的，先生。"

阿曼达姑妈望着弗雷迪，那时弗雷迪一本正经地坐在坐垫上，嚼着水果蛋糕，吸着柠檬冰茶。然后阿曼达姑妈又把手帕抽出来，大声地擤鼻子，她大概是感冒了吧。托比根本没有注意到她，他把左手放在桌子上，歪着头枕在上面，斜视着桌子那头的信纸，当笔一落到信纸上，弗雷迪就闭上嘴，而当笔离开信纸，他的嘴也随着张大。弗雷迪和阿曼达姑妈有很多时间可以交谈。水果蛋糕和柠檬冰茶逐渐让弗雷迪找到了自己的舌头在哪里。

他对着自己鼻子下面的玻璃杯开口问道:"教区委员是什么?"(Churchwarden意思是教区委员,而churwarden指的是陶土制的烟斗,两者发音相同。)

阿曼达姑妈说道:"上帝保佑这个小家伙吧!"

托比先生开口了:"是一个陶土烟斗。"这时他正咬着笔杆子,"你在店里见过的。"

阿曼达姑妈说道:"这才不是他的意思,弗雷迪,你的意思是指一个人吧?"

弗雷迪回答:"是啊!"同时看着手上快吃完的蛋糕。

阿曼达姑妈说:"那是一个人,他属于一个教会,负责整个教区的财产,处理那些损坏的财物,用手杖打那些到处讨钱的小男孩儿,而且……"

托比发话了:"'尊敬的'应该怎么拼写啊?"他用笔挠着脑袋说,"对你满怀敬意的。"(这里"对你满怀敬意的"是写信时用的敬语。)

阿曼达姑妈开始结结巴巴地拼写这个词:"R—e—s—p—e—c—k……不是,应该是r—e—s—"

弗雷迪说:"教堂那里有个人,他就抽着一个。"

阿曼达姑妈吓了一跳:"一个什么?"

"一个教区委员啊。一个教区委员坐在人行道上,抽着一支长烟斗(Churchwarden和churwarden同音),就是他。"

弗雷迪很高兴自己掌握了这么难的单词,他很喜欢听自己说这个单词。

托比说:"哦,我明白了,我猜他说的是那里的'六分仪'。好了,'对你满怀敬意的',我才不在乎他(这里托比想说句脏话)……哦……怎么拼呢?写好了,纸上有些污点儿,都怪这支笔漏水,不过就这个好了,我就不重写了,实在是太多了。"他掏出手帕擦擦脑门上的汗水。

弗雷迪继续说:"他是一个教区委员。"同时吞下最后一口蛋糕和柠檬茶。

托比说:"好吧,随你瞎说好了。在我看来,一个六分仪和一支陶制烟斗也差不了多少,除了星期天它们俩有点儿不同。"

阿曼达姑妈检查了一下那封信,说她被那些污点给吓着了,但是托比拒绝再为这项工作劳神费力,所以她只好发着抖把这封信塞进了信封,然后交给弗雷迪,叮嘱他一回家就要交给妈妈。

阿曼达姑妈问道:"你还想来些蛋糕和柠檬茶吗?"

"好啊!"

"好吧,算了,你赶紧回家。"

托比先生在店里领着弗雷迪看了柜台里的陶制烟斗。弗雷迪心想,用这种烟斗抽那种神奇烟草不知道是什么滋味。

当他回家时经过教堂时，他四下搜索那位喜欢搬张椅子靠着墙坐的胖老头，不过今天他不在。弗雷迪想问问钟塔上平齐先生和他父亲胡闹时的那些声音；弗雷迪总是鼓不起勇气，不过现在他长大了，知道自己可以做到。

回到家里，弗雷迪把信交给了妈妈，妈妈读了信，却没有对他说什么。晚上爸爸回家后，妈妈把信给爸爸看了，他们俩在一起谈了好久，弗雷迪也不太懂他们的话。最后爸爸开口了：

"好了，我觉得这不会有什么害处。"

妈妈说："我希望这样。我早上得去看看他们。弗雷迪最好穿上他礼拜天穿的漂亮衣服和新鞋子。"

太惨了，听起来像是礼拜日学校之类的事情，那双鞋子穿在脚上总是吱吱叫。弗雷迪认为自己得改变这种局面，所以他开口了：

"我长大了。我能说出'弗雷迪'。托比先生就是这么说的。"

爸爸笑了，不过妈妈却紧紧地抱住了弗雷迪。

第二天是星期六，午饭后妈妈帮着弗雷迪穿上——还不如说是把他塞进他的礼拜服和新鞋子里，之前还把弗雷迪从头到脚洗了个干净，连耳朵眼儿也没放过。最后把帽子戴到弗雷迪的头上——他总是喜欢往后挪一下自己的帽子，以为这样看起来比较酷——检查弗雷迪的指甲是不是干净，把弗雷迪的外套一个扣子一个扣子挨个儿扣好，拉直他的四根裤带，又摘下他的帽子，看看他的头发有没有弄乱，再把帽子给他戴上，又把他的外套拉开，又拉直一遍裤带，整整他的帽子，最后抱住弗雷迪亲了一下，告诉他现在快两点了，最好加快速度。可是当她一关上门，弗雷迪就像小马一样跑开了，他解开身上每一个纽扣，把帽子转到脑后，穿着那双吱吱叫的鞋子跳进马路中间的洼坑里，现在他觉得好多了，于是冲着老烟草店走了过去。

当他路过教堂时，他又停下来注视着那座大钟的指针：太走运了，那两根指针还有很久才会重合，因为现在是一点五十分。教区委员坐在自己的椅子上，继续守着自己的教堂，他正在抽自己的陶制烟斗。弗雷迪走得很慢，他的鞋子一直在砖块砌成的人行道上吱吱嘎嘎。胖老头严肃地盯着他，弗雷迪也望着他。教区委员的椅子轰地一下子倒在地上。

他气鼓鼓地说：“看看，这根本不是礼拜日。这些意味着什么？星期六穿这样吱吱嘎嘎的鞋子根本违反规定。教会的这些规定你不知道吗？还戴红色的领带。你以为这是礼拜日吗？”

诚实的弗雷迪回答说：“没有，先生。我也没办法。我也不想这样子，我妈妈硬要让我这样穿的。”

"哦！就是这样。我还以为你有意犯了这个错误，现在看起来还没有那么坏。看看吧，我的责任就是把这里违反教会礼拜日规定的行为汇报上去，不过你真的不是故意的吧？"

小男孩儿真诚地说："不是，先生，我叫弗雷迪。"

"好吧，这情况不太一样了。我以为你是另一个党派的家伙呢，要是你不是，那你需要一点儿东西来证明自己，以防你遇见阿奇迪肯，他会想知道为什么我没有把你汇报上去，那你就拿这个给他看，他就会明白了。"

胖老头翻起他的大口袋来，用肥肥的大拇指和食指夹出一块圆形的金属薄片，把它放到弗雷迪的手上。弗雷迪看到那是一个五分钱的硬币。他更高兴了。

"要是你在去立特巴克先生的烟草店的路上没有遇见阿奇迪肯，"胖老头继续往下说，"你就不用再留着它了；随便你怎么花都行，只是记住别做坏孩子啊。"

"不会的，先生。"

现在弗雷迪有机会问问平齐先生还有他父亲，以及钟塔上的吵闹声，不过他实在不能再多待了，不用被打小报告实在是太爽了。于是他继续沿着街道走下去，鞋子比以前叫得更厉害了，因为弗雷迪走得很快。

让人印象深刻的哈伦先生

弗雷迪发现老烟草店里一个人也没有,于是敲了敲后面房间的门,立特巴克先生很快开了门,不过今天的立特巴克先生如此容光焕发,以至于弗雷迪差点儿认不出他来了。

今天立特巴克先生穿了一件崭新的西服。西服是深紫红色的,如果你知道这是种什么颜色的话,不是纯紫色,也不是紫罗兰色,而是两者之间的一种颜色。西服上还有棕色的上下条纹,显得立特巴克先生的身材变好了,真是件很漂亮的衣服。他的衣领是白色的,非常高,像白色围墙一样围着立特巴克先生的下颌。他戴着深蓝色的领带,领带上面还点缀着粉红色的小花,没错,就是这样子!这可不是那种让你在镜子前面瞻前顾后忙好一阵子的长带子,这条领带比那些东西好多了,首先它已经系好了,比你自己系的好得多,你买下它之后只需要戴上去就可以了,领带后面还有挂钩,你只要钩上就行,太完美了。发型方面,看起来理发师刚刚已经动过手了,立特巴克先生的头发很柔顺地偏向一边,他自己的肥皂绝对搞不出这样的效果。头发顺滑地披在立特巴克先生的前额上,后面还略微有一点儿卷,就像用发卡卷过一样,很好看,大概只有手艺最好的理发师才能做出这样的发型。立特巴克先生的外套和裤子前面有几道折痕,胸前的口袋还隐约露出一角黄色的丝绸手帕。

立特巴克先生打开门让弗雷迪进来,正好背对着阿曼达姑妈,她尖叫起来:

"托比!看看你背后,老天啊!"

弗雷迪还沉浸在对立特巴克先生那一身打扮的惊叹当中,这时候赶紧跑到立特巴克先生身后看个究竟。阿曼达姑妈指着立特巴克先生的衣服严厉地说:"过来。"

弗雷迪看到托比先生背后衣服垂下一小块白色标签。

托比转过身去站到阿曼达姑妈的面前,努力试着扭头到背后看个清楚,这时阿曼达姑妈拿起剪刀把衣服背后的标签剪了下来,然后拿在手上,标签上还印着衣服的大小号码。

阿曼达姑妈说道:"现在这样可不像你啊,托比·立特巴克,带着衣服后面的标签出去大摇大摆,上面还印着你的体型、体重还有年龄,这样大家在店外面都会看到你这件新西服了。要是你真的穿着这个出去,我一定羞得钻到椅子下面了,你难道不会自己穿衣服吗?"

托比沮丧地说:"真是太失败了。不过你正巧抓住了它,所以别再盯着这件事叽叽喳喳了。姑妈,再见了。弗雷迪,快点儿过来,不然我们要迟到了。"

阿曼达姑妈说:"你难道不打算戴顶帽子吗?我想这个男人激动得不知道自己在干什么了。"

托比回答说:"要是我真的出门不戴帽子,你当然可以骂我,不过现在帽子在这儿。"

他从房间的橱柜里取出了自己的帽子,然后戴了上去。要是他真的出门没有帽子戴,那样子可真够瞧的。那是一顶白色的常礼帽,是的,一顶白色常礼帽。加上那件深紫红色的西服,手工绘制的领带,雪白的领带,简直就是完美的造型,特别是立特巴克先生把那顶帽子往脑后挪了一点儿,这样露出了一缕可爱的卷发。阿曼达姑妈忍不住表达了一下自己的喜悦之情。

她激动地说:"你要知道,我以前从来没有看到你打扮得这么风度翩翩过。"

托比被"风度翩翩"搞得很尴尬,只好把双手插到自己的裤子口袋里。

阿曼达姑妈严词厉色:"把手从口袋里拿出来。"托比只好赶忙抽出了手。

阿曼达姑妈继续说:"现在,弗雷迪,过来,我来帮你打扮一下。"

弗雷迪不是很情愿地站到她身前,阿曼达姑妈把他的纽扣从上到下又扣了一遍,又把他的帽子戴正。

"现在你最好出发吧。"她说道。

托比说:"再见,姑妈,我也希望你和我们一起去。"他的手已经放在门把上了。

阿曼达姑妈说:"再见了。"

弗雷迪回答:"再见。"

她忽然问:"再见什么?"

弗雷迪说:"阿曼达姑妈。"

当他们俩走到街上时,阿曼达姑妈听见托比锁上店门的声音,她又拿出手帕开始擤鼻子,显然她的感冒更严重了,因为她已经擤过好几次鼻子了,然后她折起手帕塞回衣服里,俯下头哭泣起来。

弗雷迪上街之后做的第一件事,就是又把帽子往后挪了些,紧接着就把衣服扣子从上到下再解开。

驼背的立特巴克先生走得很急,他拽着小男孩儿走得太快,弗雷迪快要跟不上了。在他们俩疾步赶路的时候,几个淘气的男孩看着托比先生白色的礼帽,粗鲁地喊道:"豌豆骨头!(这里是骂人的话)"不过立特巴克先生毫不在意,继续拖着弗雷迪健步如飞。

托比边走边说:"我们可不能迟到。快点,小家伙。"

其实这段路程也不是很远,大概只有四五个广场那么远。他们最后停在很脏的一幢砖砌大建筑前面,这幢建筑还有一个又宽又长的入口。

托比说:"我们到了。"

弗雷迪问:"这里是什么地方?"

托比回答:"高特街剧院,赶紧的。"

弗雷迪在一幅宣传画前面停了下来,那上面画的是一个瘦削男人穿着上面有红色和黑色格子的白紧身衣,倚在一张桌子旁边,他的面孔惨白,眉毛却是红色的,两边脸颊分别画着一个红点儿,没有头发,但是前额和脖子上的皮肤光滑而具有惨白的色泽。最奇怪的事情是,他的头颅不在他的脖子上,而是在桌子上。弗雷迪指着这张画下面的宣传语问道:"上面说什么了?"

托比一边推着他一边回答:"那是《哈伦的晚餐》,快点儿,我们要迟到了。"

让人印象深刻的哈伦先生

立特巴克先生走向入口处的一个小窗子,和里面一个人说起话来,很明显是请求他能放他们俩进去,而且成功了。他们俩进去之后,走了好多级台阶,发现自己忽然身处几千人当中了,大家都坐在椅子上面朝着同样的方向,这个屋子里灯光很强烈,就好像白天一样。托比和弗雷迪坐在这些人的前排,顺着扶手看下去,看见身后黑压压的一片人头。每个人都面朝着这间屋子另一头的墙坐着,那面墙上好像有画。墙下有一个男人坐在一架钢琴旁边,还有好些人在拉着大大小小的提琴,其他人则在摆弄一些铜制的玩意儿,他们都在演奏同样的调子,不过在托比和弗雷迪坐下之后,那些人就停止演奏了,托比轻推了弗雷迪一下,说道:

"现在,小家伙,你觉得这是什么意思啊?等吧!盯着幕布好好看吧。"

他说这话的时候,剧院里有人吹口哨,有人打响指,乱成一锅粥了。肯定还有一堆小孩在这屋子里面,弗雷迪听见上面有拍手的声音,有跺脚的声音,整个屋子都传遍了,男孩们到处大呼小叫,这一段时间内的喧哗与骚动大概只有男孩才能搞得出来,口哨和响指声在这场混乱中清晰可闻。托比又用肘推了一下弗雷迪,让弗雷迪大吃一惊的是,托比也开始和大家一起拍手跺脚了,弗雷迪还以为他会很礼貌的,所以弗雷迪也跟着拍起了巴掌,尽管他也不知道这是在干什么。

忽然，墙边的那个人站了起来，花了好一阵工夫来让大家安静一会儿，不过有些人照吹口哨不误，那些拉小提琴的人大概正在幕布里锯着他们的提琴，因为从外面可以听得一清二楚。这时候弗雷迪正在托比先生耳边大喊："花生！"忽然灯又亮了，这时候大家都静了下来，你简直可以听见一个图钉落地的声音。

托比先生激动地压着自己的声音对弗雷迪说："快到了！快到了！盯着幕布看，它要升起来了。"

这个时候台上黑暗的角落里传来了一阵柔和的音乐，同时弗雷迪一直盯着的幕布慢慢升起来了！它不断地上升，最后消失在屋顶，幕布背后的景象展现在大家眼前，神秘，阴暗，让人有几分恐惧但又充满向往，这就是仙境吧，一定是的。

我没法向你描述。弗雷迪永远都不会忘记此时此刻自己看见的景象。要是你从来没有在高特街剧院或是其他地方看过这场表演，在一个星期六的下午，男孩子们在你身边的走廊上打打闹闹，要是你没有经历过这些，那你的生命可就太逊色了。弗雷迪后来想要和爸爸妈妈讲讲那天晚上的场面，但是对他们来说，那种活力四射的热闹场面实在很难理解。穿着一身白衣的仙女拿着自己白色的仙杖去

让人印象深刻的哈伦先生

修补时间的缺口,还有可怕的魔鬼,那些翻着筋斗、上蹿下跳的漂亮女孩,她们做的动作好像超越了人类骨骼的极限。要想描述出这精彩的一切实在是太难了。不过,还有一幕对你而言简直是难以置信的,而且和弗雷迪还有一段故事。之前戏院门口宣传画上的那个人走了出来,他可以翻墙跳窗,飞檐走壁,但是有一件事情他不会做——说话。从头到尾他都没有说过一个字。有一次,他从顽童们的包裹里逃出来之后,在一张满是佳肴的桌子前面坐了下来,疲惫不堪,饥肠辘辘,眼看就要大吃一顿,但是正当他准备开吃时,盘子忽然一个接一个地消失了,就在他自己鼻子下面无影无踪。他真的很惨,可是这时台下的人都在哈哈大笑,弗雷迪觉得这太残忍了。这时候还有一个盘子里盛着香肠,眼看那个人就要拿到香肠了,忽然那些香肠都跳了起来,在墙上、地板上到处走来走去,这个可怜人只好在香肠后面追着它们,但是一根香肠也没有抓住。他失望极了,最后为了结束他的悲惨命运,一个邪恶的怪物带着一把剑出现在他面前,他伤心地把自己的头搁在桌子上,那个邪恶的怪物一剑把他的头砍了下来,就在你我的眼前这么做了,实实在在,的的确确。他的头颅留在桌子上,而身子坐在椅子上面。弗雷迪吓坏了,紧紧地抓着托比先生的手臂。就在谋杀者把那个可怜人的头颅安回他的脖子上时,这个已经死去的人眼睛睁开了，还一眨一眨的，他又和以前一样活蹦乱跳了。弗雷迪和其他观众一起大声叫好，剧院里掌声雷动。

弗雷迪这时候凑在托比先生耳边小声说："那是哈伦先生吗？"

托比先生自言自语道："大概是吧。"这时候他激动得根本没脑子想弗雷迪的问题了。

不过托比先生一会儿就回过神了。他甚至没有忘记在第一场和第二场演出的幕间去给弗雷迪买花生，最后一次幕布落下时，人群挤向剧院的大门，托比先生也没有忘记自己那顶白色常礼帽。

他们俩走在街上，不会说话的哈伦先生已经是过眼烟云了。弗雷迪不相信自己以后还能看到那个又哑又丢了脑袋的家伙，不过这一次弗雷迪错了，以后他还会看到。

托比先生把弗雷迪送到离家不远的街角处，说："我想说的是，祝我们的成长派对快乐！"

弗雷迪回答道："是啊，还有祝哈伦先生快乐！"

中国人的头像

很长一段时间里,弗雷迪晚上都会梦见一个驼背男人,他的头老是掉下来,然后又被他装上去,还有一群红色的小恶魔追着一个脸色苍白的人。他努力想要呼救,却一个字也说不出来。还梦见一个中国人的头颅,没有身子,在抽一支长长的陶制烟斗。白天的时候,他脑子里老是盘旋着自己现在的那些熟人:戴着那顶白色礼帽的托比先生,吞别针的阿曼达姑妈,来自中国的水手,平齐先生和他的父亲,哈伦先生还有他的脑袋,抽着长烟斗的教区委员,还有两个怪老头,一个像只狐狸、一个像个乞丐。不过在他脑子里出现最多的,还是托比先生货架上的那个中国人头像的罐子。

弗雷迪现在长大了,随着时间推移,他在想自己也许会逐渐对这些奇怪的事情习以为常。不过现在他还做不到,而且他越来越沉浸在对这些事情的幻想里,最吸引他的就是那个中国瓷罐,还有里面那些具有魔力的烟草。那些魔力你触手可及,但是又被告知这东西自己碰不得。就像你的桌上有盏阿拉丁神灯,但是又不让你碰,这样的东西让你垂涎欲滴又碰不得,最令人受不了了。不管怎么样,小抽两口烟草有什么了不起的,要是你不想的话,你也不用抽整整一满烟斗。不过,托比先生一定会不高兴的,弗雷迪可不想惹他生气。但是错过这样的机会实在太可惜了,弗雷迪决定不再想这件事,他把注意力集中在其他事情上面。他开始想每个礼拜日在礼拜学校听到的一首歌,还挺有帮助的,弗雷迪把这首歌记在心里,这首歌好像是这样的:

"别向诱惑屈服,

屈服是一种罪,

决心会帮助你,

让你走向胜利。"

弗雷迪决心再也不想那魔法烟草了,他睡觉之前对自己说:"别向诱惑屈服。"然后整晚都梦见那个中国瓷器罐子,第二天脑子里也全是那魔法烟草。

为了彻底把这些东西清除出自己的大脑,他再次去拜访阿曼达姑妈。傍晚时分，弗雷迪坐在坐垫上望着阿曼达姑妈做针线活。托比先生还在店里招待顾客。弗雷迪看了好一会儿，终于开口说：

"你在做什么啊？"

阿曼达姑妈回答道："缝东西啊。"

"我还以为你在做一只火鸡呢。"

"是啊。"

"可是那不是一只火鸡。"

阿曼达姑妈说："是啊，要是你要做一只火鸡，得用到肉汤才行。"

"可是也没有肉汤啊。"

阿曼达姑妈说道："不一样的。你看，我要做这只火鸡得用到针线，还有……"

弗雷迪说："你烹调一只火鸡也要用到那些。"

"不过这是不一样的，你烤火鸡用不到针线，你也不能把肉汤抹在衣服上……"

弗雷迪刨根问底："怎么不行啊？"

阿曼达姑妈没办法了："好吧好吧，你看，这是不一样的，根本不是一样的东西，应该是这样，当你烤一只火鸡的时候……"

弗雷迪忽然来了一句："你以前有孩子吗？"

阿曼达姑妈把手放到自己心口上,好像受了重重一击一样,然后她望着窗外,将目光慢慢移到桌上的那盆蜡质花上,最后盯着门看,好像在考虑夺门而逃。不过她年纪大了,腿脚也不灵便,最后她把双手手指紧紧地钩在一起,望着弗雷迪。弗雷迪也平静地望着她,等着她开口。

　　阿曼达姑妈终于开口说:"没有,我从来没有过……孩子。"

　　弗雷迪问:"为什么呢?"

　　"因为……我没有结过婚。"

　　"那有人想要娶你吗?"

　　阿曼达姑妈痛苦地说:"没有,从来没有人……要我。"

　　弗雷迪被搞糊涂了。

　　他说:"但是你人很好啊。"

　　阿曼达姑妈说:"这还不够。"

　　"那还得要怎么样呢?"

　　"还得很漂亮。"

　　"那么你以前不漂亮吗?"

　　"我以前觉得……自己还是……漂亮的。不过……我一定是弄错了。我猜自己从来没有漂亮过。"

　　弗雷迪想了一会儿,然后郑重其事地说出他的想法。

　　"不过我会要你的。"

　　阿曼达姑妈伸出自己颤抖的手,将手指插进弗雷迪的头发里，然后抓住弗雷迪的双肩，把他按在自己的膝头。弗雷迪被惹恼了，他害怕阿曼达姑妈会亲他，不过阿曼达姑妈只是又把自己的手帕取出来开始擤鼻子。

弗雷迪接着问："那么你在这里失去了几个孩子？"阿曼达姑妈一开始没有明白他的意思，不过最后她终于弄懂了。弗雷迪的意思很清楚，但也很难解释。不管怎么样，阿曼达姑妈明白了。她回答说："三个，鲍比最大，简尼第二，詹姆斯最小。"

"那他们都去上学了吗？"

"哦，不是的。只有鲍比去上学了，有一次他逃学，一整天在外面鬼混，直到晚上才回家。我担心死了。他是个很淘气的小孩，但是他毕竟是他妈妈的……孩子。"

"他跑去玩弹子球吗？"

"是的，不过他倒是老老实实去礼拜日学校，他也很喜欢，而且……"

"他喜欢礼拜日学校？"

"当然了，而且他总是对简尼很好，简尼有一头黄色的小卷发。他们手拉着手去上礼拜日学校，鲍比从不介意简尼老是抱着她的洋娃娃，她简直洋娃娃不离手。过马路时，鲍比特别小心地拉着简尼。简尼爱她的洋娃娃，她曾经假装詹姆斯也是她的一个洋娃娃。"

"那詹姆斯喜欢这样吗?"

"他不是很高兴,不过他也忍了好长一段时间。詹姆斯一直长不高。但是当简尼得了水痘待在家时,詹姆斯非常孤单。"

"我也得过那个。那么鲍比知道怎么留神他的P和Q吗?"

"他什么人都不在乎。有一次我收到他老师的一张便条,上面写着……"

弗雷迪还没听清楚鲍比在学校里到底惹了什么事,这时候店门打开了,托比先生把脑袋伸进来,说道:

"我得去理发店理个发,头发长得再也不能等了。二十分钟就回来。弗雷迪!"

弗雷迪站了起来:"是,先生。"

"我走了之后,你觉得你能帮看二十分钟店吗?"

弗雷迪自己也不大清楚,不过实际上这是他从出生到现在面对的最重要的一个问题了。一切都取决于他的回答,如果他说不,那么故事就要到此结束了,可是如果他说可以……

弗雷迪说:"可以。"

"好的。要是有什么人进来,告诉他们等一会儿就可以了。"

弗雷迪走了,阿曼达姑妈继续像石头一样坐着,望着窗外,双手叠在膝盖上。弗雷迪跟着托比先生走进了店里。

托比先生说道:"好了,小家伙,请便吧。我一会儿就回来。别人进来就让他们等。"随后他就出了门。弗雷迪一个人留在店里。

店里现在非常安静,因为现在是傍晚时分,所有人都待在家里。弗雷迪知道自己该回家了,不过他又答应过托比先生帮他看店。店门和通往阿曼达姑妈房间的门都紧紧地关着。他在窗前的椅子上坐下来,静静地看着外面。他在想鲍比和他的小妹妹在礼拜日学校的场景,这又让他脑子里浮现出那首歌:

"别向诱惑屈服,

屈服是一种罪。"

他哼了一会儿歌,忽然发现自己的调子变成了另一首歌:

"有一个怪老头,

他有一条木头腿,

他四处乞讨,

所以从来不用买烟草。"

烟草!货架上的那些!烟草和陶制烟斗。弗雷迪在柜台周围转来转去,转到了柜台的前面。柜台里有好几支长烟斗。弗雷迪选了一只拿出来,放在嘴里尝了尝味道,又冷又湿的，他开始猜想放了烟草在里面之后味道会如何。他搬了把梯子爬上货架，忽然发现那个中国瓷器罐子就在自己眼前。他和那个罐子上面的中国人像四目相对，心里面乱糟糟的，只好自己哼起那首歌来定定神：

"别向诱惑屈服，

屈服是一种罪，

决心会帮助你，

让你走向胜利。"

现在天更黑了，弗雷迪要是不靠近那个中国瓷罐，根本没法看清楚它。于是他把那个罐子抓在手上，从梯子上爬了下来，背靠着柜台坐在楼梯上，一边观察那只罐子一边继续哼着歌：

"像男子汉一样挺身战斗，

征服你自己心中的阴暗。"

于是弗雷迪把那个罐子放在自己的膝盖上，揭下了那个中国人的帽子，实际上那是个盖子。他伸手进去，抓出一满把黑色的烟草，简直像是煤灰一样黑，他拿到自己鼻子边闻闻，有一股香甜味，很像红糖的香味。弗雷迪想是否这玩意儿用烟斗尝起来味道也和红糖一样，他继续为自己打气，"决心会帮助你"，所以他把烟草塞到烟斗口里面，接着尝了一口，弗雷迪很失望，因为并没有尝到什么红糖的味道。当然了,要想尝到烟草的味道必须点燃它,所以弗雷迪又从柜台里取出一包火柴,然后坐在地板上擦火柴。在傍晚的夜色中,火柴发出很美丽的亮光,他出神地注视着这火光在自己手中闪耀,火柴很快就会烧完的,所以弗雷迪对自己说:"别屈服于诱惑。"随后就把烟斗送到嘴边,然后点燃了烟草。

要说出这些事情很让人痛苦,但是也没有办法,因为之后的结果非常奇怪,对于弗雷迪和他的朋友们都影响至深。

弗雷迪点燃了烟斗,然后深深地吸了一口。他几乎快被呛死了。烟进入了他的鼻子、眼睛还有喉咙里,弗雷迪咳得半死,不过他脑子里还有句话:"像男子汉一样挺身战斗",所以他决定不这么快就放弃。他鼓起勇气又抽了一口,这一次他没有把烟吞下去,而是像他看过别人做过很多次那样,把烟从嘴里吐出来。接着他又吸了一口,然后再次把烟吐出来,这次味道真的像红糖一样,很爽。他吞云吐雾了好一会儿,最后他发现几口之间屋子里已经烟雾缭绕了。他又喷出一口烟,让屋子里的烟雾更重了,那些烟雾在他身边缓缓落下。弗雷迪把瓷器罐子放在地板上,看着那些烟雾在自己身边慢慢飘散。

烟雾变得越来越重了,而且开始不断地旋转,变换着各种颜色,黄色,绿色,还有些理发师调制出的奇怪颜色。

弗雷迪盯着这些颜色看,渐渐有些头晕目眩了。那些烟雾离他越来越近,旋转得越来越快,弗雷迪蹲得越低,越是觉得头晕得不行。柜台和货架都开始在他身边旋转起来,弗雷迪只好用手撑着地板来保持平衡。然后整个店都消失了,天地之间只剩下他和那一小块地板,在他头顶上只有那片不断旋转的云彩,闪耀着火一般的光芒。弗雷迪觉得自己不断在下落,最后撞到了什么东西的底部,他听见店门开关的声音,然后发现自己像原来一样又坐在地板上了,那些烟雾都不见了,他听见一个嘶哑的声音从柜台那头传过来,非常快地说着话:

"停下来!别再抽了!先生,无论是桅杆间还是皇宫中,被人唤醒都是一件很温暖的事情。您卑贱的仆人听候您的吩咐。那个用一只烟斗把我唤醒的船长上哪儿去了?喂,船长!我来听候差遣了,无论你下什么样的命令,我,雷穆尔·米曾,都会照办不误。"

弗雷迪把烟斗放在地板上,抬起脚,从柜台上看过去。

柜台另一边斜靠着一个水手,他的衣领很宽很蓝,后脑上戴着一顶蓝色帽子,帽子后面还有一根黑色的丝带,他的右眼上有一块绿色的眼罩。

雷穆尔·米曾

弗雷迪盯着水手。水手站直身子，摸摸自己的帽子，他的脸是褐色的，就像皮革的颜色，皱得像树皮一样；黑色的眼睛不停地闪光；手的形状和大小都像是一大块火腿；他的胸膛和喉咙都从大开的褐色衬衣中露了出来，大块大块的肌肉。他身上有一股好闻的柏油气味，你会没看见他的人，就听见他走向你时带起的那股风声。他用另一只手拉住裤子，然后开口道：

"哎，船长！现在我听候你的命令！"

弗雷迪盯着他，小男孩儿整理了一下自己的思路，然后一束智慧的光芒照到了他的头上。

弗雷迪说:"你去过中国吗?"

水手喊了起来:"当然喽——我去过中国。"他哼起了一种奇怪的小调,好像在用起锚机拉起锚时哼的小曲一样:"我去过中国,我见过很多港口,我从远处眺望过它们,从近处观察过它们,我能够在大海上自由航行,我是柏油,我是柏油!"

弗雷迪带着越来越多的惊讶神情望着他,问道:

"那么你是一个水手吗,先生?"

"哇,我吗?我是雷穆尔·米曾,雷穆尔·米曾就是我,我从缅因州一直航行到非洲,又乘着平底船去中国运胭脂,去墨西哥运红辣椒,最后回到本布瑞海峡,这就是我!雷穆尔·米曾,无所不能的航海员。无论狂风暴雨,还是风平浪静,无论船上的哪处岗位,我都可以胜任!现在,船长你唤醒我了,请下命令吧!"

弗雷迪问道:"先生,那么你介意告诉我你最想拥有什么吗?"

"我?我的愿望就是放下自己的罗盘,好好嚼上一口烟草。不过,船长你想要什么呢?"

"我什么都不想要。"

"什么?你不是把我召唤来了吗?你用烟斗召唤了我!"

弗雷迪回答:"我没有。"

"居然会有这样子的船长!你不是用烟斗抽了那个中国瓷罐里的烟草吗?"

弗雷迪垂着头回答:"是的,先生。"

"然后你就把我召唤出来了,我听见了召唤,心里还满怀希望。你难道不知道抽了那种烟草,我就会出现吗?"

"我真的不知道。"

无所不能的海员惊讶地盯着弗雷迪。

"好吧,请你原谅,如果你不是船长而打碎了我的枷锁,把我从中国海那里召唤过来,却根本不需要我!根本是无事生非!我正在中国搬着那些大大小小的货箱,接到召唤就千里迢迢赶过来。船长,你却无缘无故就让我走了那么远的路赶过来。"

弗雷迪非常内疚:"我非常抱歉,先生,我根本不知道一抽这种烟草你就会出现。是这种烟草带你来这里的吗?"

"是啊,是啊!这就是我!雷穆尔·米曾!从中国大老远跑来,以为美国的船长会有什么命令,结果白费了工夫!帮自己开脱又有什么用?"

弗雷迪根本不知道什么是"开脱",不过他从那位水手的脸上看出他还有一肚子气要出。弗雷迪忽然想起雷穆尔·米曾的愿望是嚼上几口烟草。

弗雷迪问道:"嚼上几口烟草会让你好受一些吗?"

无所不能的海员眼睛一下子亮了起来:"你总算是开窍了!我不抽烟,我只是嚼上几口,要是你给我几口烟嚼嚼,那前面的账就一笔勾销啦!"

弗雷迪从货柜里拿出一个长长的嚼烟盒。他知道托比先生不介意给这位长途跋涉的海员一点儿小礼物。于是弗雷迪把这个盒子放在柜台上,取出烟草,准备切下一段,这时候那位神通广大的海员正拉着自己的裤子,开口说道:"住手,船长!把整盒都放在台上吧!我太需要这些压舱货了,把那段烟草整个儿拿出来!"

然后他把那整段烟草从弗雷迪手上拿过来,一口就咬掉了一大块。

他的右边腮帮子撑得鼓鼓的:"啊!右舷的压舱货太多了。"他又咬了一大口,结果左边腮帮子鼓得和右边差不多了。

雷穆尔·米曾喊起来:"太爽了!我得为自己装的货付钱了。给你,先生。把这些装在你的口袋里吧,这个泡过海水,以后你会用得着。拿着,先生。"

他把一张叠着的脏纸片塞到弗雷迪手里。上面油腻腻的,而且很破旧的样子,被叠得又小又紧,几处折痕都快要裂开了。外面是空白的，不过纸片里面也许写着什么东西。

"我从一个加勒比海水手那里弄来的，我卖给他一批假胡须和文身用的针。这个足够付我装的货吗？"

弗雷迪回答："够了，先生。谢谢。"他手里一直握着那片纸，根本没有打开看看。

"那么我想说的就是——好好保管这个。无论到哪里，别弄丢它，即使遇上飓风，也要好好保管它。船长，记住我对你说的话：无论什么时候，要是你需要雷穆尔·米曾了，就抽一口中国瓷罐里的烟草，雷穆尔·米曾就会在烟雾散去之前出现在你面前，知道了吗？"

弗雷迪眼睛睁得大大的："知道了，先生。"

"现在既然你没有什么吩咐，那么我就要去我那条名叫'筛子'的小帆船上去了，我要关紧所有的窗子，锁上我那只结结巴巴还会打喷嚏的鹦鹉，穿上我的拖鞋，上床睡觉。那时候我的伙伴们都还在我头顶上擦洗甲板，把舱底的海水舀出去。当船起航了，所有那些缝缝补补的事情都完成之后，我那第二十三个同事，总是迟到的那一个，就会得到他第三次，也是最后一次警告。这时候我会点上油灯，往窗外看一眼，整晚上读我的那本《老饕的一生》！就是这些了，先生。"雷穆尔·米曾一边走向店门一边接着说，"祝你晚上愉快。"

他一边拧开门把手，一边转身向弗雷迪致意，轻触自己的帽檐。弗雷迪看到他的裤子在脚踝部分非常宽，但臀部又非常紧，以至于他转身时都有一点儿皱了起来。雷穆尔·米曾致意完毕，打开门走了出去，消失在夜色之中。

弗雷迪张大着嘴，目送着水手离开。

重合的大钟指针

弗雷迪花了好一会儿才从惊讶中恢复过来。那真是位奇怪的水手。一口烟就能把他从万里之远的中国召唤过来！那种烟草太具有魔力了！可惜只是让他白跑了一趟，人家还有那么多的货物要运。毫无疑问，水手一定觉得被打扰到了。那艘船也挺奇怪的，那些窗子，那些水手们——他们真的要不停地缝缝补补才能让船开动吗？在这艘船上航行真是很好玩的事情，弗雷迪希望自己能问雷穆尔·米曾更多这方面的事情。他现在想立刻把这件事情告诉阿曼达姑妈。

弗雷迪跑进阿曼达姑妈的房间，大声喊道："阿曼达姑妈！"

阿曼达姑妈好像已经在那张椅子上睡着了，她的嘴张开着，睡得很香，油灯还亮着，墙边的钟发出滴答滴答的声音。

"阿曼达姑妈！"弗雷迪又喊道。

她一下子跳了起来，不停地眨着眼睛，迷迷糊糊地说：

"啊！哪里……什么……谁啊……托比在哪儿？什么事情？"

弗雷迪喊道："是我，阿曼达姑妈。刚才有个水手来了，是我用烟斗召唤他出来的，我以后随时都可以召唤他出来，他给了我一张纸，他说起话来像是唱歌，他还有一只口吃的鹦鹉，他们要把船里的水都舀出去，因为那只船叫做'筛子'。还有我们不能弄丢这张纸，因为那个逃走的水手要戴假胡须，他不用别针而用大头针，我们一定要好好保管这张纸，还有那艘船上的一个水手总是迟到，我们不能弄丢这张纸，因为……"

阿曼达姑妈喊道："快停下来！这个孩子到底在说些什么啊！这些都是关于一个水手和一张纸的故事吗？"

"他可是那种中国烟草召唤来的水手，而且他给了我一张纸，就是这张，我们可不能弄丢它，因为……"

"等一会儿，弗雷迪！你好好站在这儿，慢慢把事情告诉我。现在开始吧，那个水手是怎么回事？慢一点儿。"

弗雷迪花了好长时间才让阿曼达姑妈明白发生了什

重合的大钟指针

么,不过到了最后她总算都弄明白了。她对弗雷迪抽烟的事情又气又怒,但现在也无济于事了,而且弗雷迪的故事让她吃惊得没怎么顾得上责骂弗雷迪。

阿曼达姑妈最后问道:"他到底给了你什么样的纸片啊?"

弗雷迪把那张纸拿出来,阿曼达姑妈小心翼翼地把它打开。

她惊呼道:"怎么回事?这是一张地图!"

弗雷迪问:"哪种地图啊?"

阿曼达姑妈说:"一个小岛的地图。托比上哪儿去了?我真希望他快点儿回来。这看起来很像一个小岛,上面还有字。应该是些水手画出了这张图,这张地图很旧了。我真希望托比快点儿回来。"

"阿曼达姑妈,上面到底写了些什么啊?"

"好吧,顶上写着'修正的小岛',下面写的是'西班牙海域',上帝保佑,这是那些海盗曾经出没的……"

弗雷迪眼睛一下子亮了起来:"海盗?"

"是的,海盗,当然是。你听过西班牙海域吗?"

"嗯,那是很远的地方啊。你得乘船才能到那里去。你以前去过那里吗?"

"我?我去西班牙?上帝原谅这个小孩吧!我去那里干

什么?我生下来到现在都没有出过这个小镇。"

"我真想去那里看看!海盗!"弗雷迪喊道,"太棒了!"

阿曼达姑妈告诫道:"你可不能说这么可怕的话,托比到底上哪儿去了?看看都几点了!看,现在差二十七分钟就到七点了。"

弗雷迪看了一眼钟,发现两根指针居然重合在一起了。到了平齐先生老爸从钟塔里出来召唤平齐先生的时间了。

"托比又去和理发师瞎扯了,他们俩一聊起来就没个完……"

当阿曼达姑妈在发牢骚时,店门开了,托比先生回来了。

他喊道:"对不起我回来迟了,不过那个理发师拉着我狂聊……对了,小家伙,你还在这里啊?"他转过身去对身后的人说:"进来吧,来和我的姑妈还有小朋友认识一下——别害羞,进来吧,没人会吃了你。"

托比先生拉开门,让一位小个子男人进到店里来。这个人也有点儿驼背,体型和托比先生差不多,手上还抓着一束黑色的雪茄,他也是秃头,而且也没有戴帽子;颧骨很高,有一个大下巴和鹰钩鼻,穿着蓝色马裤和黑色袜子,外套在胸前敞着,后面还有两条衣带垂至他的膝盖。他走路时关节都会吱吱作响。这位先生向阿曼达姑妈和弗雷迪分别欠

重合的大钟指针

身致意。

托比先生说道:"进来吧,平齐先生,别再抓着雪茄不放了。把它们给我。"随后他就把那些雪茄拿了过来,把它们放在桌子上,接着牵着平齐先生的手走到阿曼达姑妈面前。

"请允许我介绍我的好朋友平齐先生。"托比先生开口说道,"我刚才走进来的时候,听到钟塔上传出来一声'平齐',然后平齐先生就从他的栖身之所里走出来了,接着我就邀请他进来。"

平齐先生开口了:"呜呜,晚上好,女士。"他的声音很嘶哑,好像喉咙生锈了一样。"呜呜,晚上好,年轻的先生。很高兴能进来拜访你们。呜(我,平齐先生发音不清楚)日日夜夜都想来拜访,呜也很喜欢这里的灯光。呜向你保证,女士。"

阿曼达姑妈惊讶得说不出什么话来:"上帝保佑!弗雷迪,这就是平齐先生。"

弗雷迪紧挨着阿曼达姑妈,因为他害怕平齐先生会把他抓去送给平齐先生的父亲享用。平齐先生也注意到了:

"别怕了,先生。"平齐先生大张着嘴巴笑着说,嘴巴一直咧到耳朵那里去了。"呜今晚不会去见我父亲,如果呜的好朋友能允许我和他们一起分享那温暖愉悦的灯光,我很高兴接受托比先生的邀请。呜向你保证。一个人在盒子上整日整夜地站着，手脚一定酸痛得不行，除非他的父亲有时会喊他去活动一下筋骨，手指每天握着雪茄不放，也变得越来越僵硬，头上的头发越来越稀少，几乎都挡不了风了，鼻子也越来越下垂，所以他一直担心最后要是鼻子从脸上掉下去了怎么办……"

显而易见，平齐先生是个健谈的人。阿曼达姑妈终于开口了："请原谅，你是英国人吗？"

平齐先生说道："是啊，千真万确，我是一个硬（英）国人，呜向你保证。"

弗雷迪放弃弄明白平齐先生话里头发和空气的区别了（air和hair，平齐先生的发音很含糊，容易弄混），不管怎么样，这是一位英国人。弗雷迪很高兴自己终于见识了英国口音，他之前一直都没有听过。

阿曼达姑妈说："托比，弗雷迪刚才见了那位从中国来的水手，水手给了他一张地图。我得把这事告诉你。"

然后她就把这件事一五一十地告诉了托比和平齐先生，他们俩都大吃一惊。

托比先生说道："太糟糕了，我以前就叫这个小家伙别去碰那个中国瓷罐里的烟草，太糟糕了，先生，你有什么意见？"

平齐先生也发表了他的意见："则（这）实在是很淘气

的行为，灰（非）常应该谴责，灰常。呜还从来没有听过比则更加应该受谴责的事情……"

托比先生喊道："你别说这个了，好吧，其实也没有什么非常糟糕的。要是我处在他的位置也会这么做的。你说我的好朋友弗雷迪应该被谴责，这是什么意思？我不允许任何人骂他，我不允许，还有什么……"

平齐先生忙不迭地说道："没有冒犯之意，没有冒犯之意，对不起，呜向你保证。呜则么说话才是灰常应该受谴责的。灰常。大家都安静一点儿吧，安静。"

托比嘟哝着："好吧，别再说弗雷迪的坏话了，因为弗雷迪……不管怎么样，先看看地图吧。"

这时候门口又传来了一阵轻轻的敲门声。

托比先生说："下一个是谁呢？请进！"

赛璐珞袖口和丝绸帽子

　　店门打开了,进来一位看上去很寒酸的老人,他将自己那顶铁锈色的高礼帽摘下拿在手上,向店内的几人致意。最让人惊讶的是他有一条木腿。他的衣服破破烂烂,满是补丁,汗衫上满是污渍,这位老人的衣领和袖口都是赛璐珞的衣料。衣服也显得太短了,袖子短了大概有三英尺长。奇怪的是,他的衣领和袖口却是干干净净的,和他的脸还有衣服形成鲜明的对比,不过赛璐珞衣料本来就容易清理,比洗脸还容易得多。当他走进房间时,向大家谦恭地一一欠身致意,又上下掸了掸自己的帽子。

　　老人再次欠身说道:"嘿!我碰巧路过,我本想去那个什么……嘿！我希望我没有碍着你们的事情吧？"

托比不以为意地回答："哦，进来吧，既然来了，也坐一会儿吧。这是平齐先生，这是弗雷迪。"

老人又向弗雷迪行了礼，然后走向平齐先生，兴奋地用手摇着他。然后凑到平齐先生的耳边，压低声音说：

"嘿！我很高兴认识你，先生。我也很信任你。我见过你很多次，但是从来没有和你说过话。嘿！"老人把声音压得更低了，很小心地凑近平齐先生的耳边说道，"事实是这样，我经过时，发现我把自己的烟草袋丢在家里了，真是倒霉；我进来是想也许可以……嘿！我很少忘记带烟草袋的，非常少见的情况，你可以……嗯……你可以分我……嗯……一点儿烟抽抽吗？我会非常感激你的！"

平齐先生后退了一步，很严肃地说："抱歉，呜从来用不着烟草。"

老人看上去非常失望，他叹了口气，转身走向托比，向他带着希望的微笑行礼。

他又开口了："也许立特巴克先生……"

托比说："这辈子我不会的。你别想从我这里弄到烟草，别白费力气了。"

老人又叹了口气，目光转向弗雷迪，不过显而易见这个小家伙更没有希望，所以他也没说什么。

弗雷迪终于意识到这个老人是何方神圣了。他有一条木腿,总是乞讨烟草——这就是托比先生歌里唱的那位怪老头,他的两位朋友之一,那个总是到处讨烟草的老头。弗雷迪满怀歉意地看着他。

怪老头又发话了:"嘿!很抱歉打扰你,阿曼达小姐。我希望没有碍着你们的事情。今天天气还不错。"

托比兴致勃勃地说道:"现在,让我们瞧瞧这张地图吧!"

这时候居然又响起了敲门声,这次的声音坚定而自信。

托比抱怨:"真讨厌!下一个是谁?请进!"

门打开了,又一位老人走了进来,这是一位又高又瘦的老人,面容瘦削,满头白发,手上拿着他那顶黑色丝绸帽子。他穿着一件黑色西服,面料是很精细的棉布,从上到下整整齐齐地扣着。袖口和衣领都是光鲜的亚麻布料子,领带也是白色的亚麻布。他所到之处仿佛都带着一股温暖的贵人之气。

这位老人一边向大家伸出双手,好像要真诚地拥抱大家一样,一边开口说:"我亲爱的朋友们!这是一幅多么美丽的场面啊!这么亲切,这么舒适,这么其乐融融,这么……这么……我的好朋友们能够在温暖的壁炉前欢聚一堂,真是太好了!太美妙了!"屋子里其实只有火炉,没有壁炉,不过其实也没什么大不了,他走向阿曼达姑妈,拉住了她的双手。

在他拉着阿曼达姑妈手的时候,那个装着木腿的怪老头忽然凑到他的身边,用一种煞有介事的口吻说:"嘿!很高兴又见到你。我很信任你。现在的情况是,事实是这样,我经过时,发现我把自己的烟草袋丢在家里了,真是倒霉。我进来是想也许可以……嘿!我很少忘记带烟草袋的,非常少见的情况,我在想……你是不是可以……嗯……"

另一个老头的亲切口吻一下子变得非常严厉:"不行!我要是这么做,还不如被绞死算了!"接着他松开了阿曼达姑妈的手,转了个身,不再理会那个装木腿的老头了。

托比说:"现在,让我们看看这张地图吧。这位是平齐先生,这一位是弗雷迪。"

那位新来的不速之客抓着平齐先生的手,轻轻地捏了一下,然后又握着弗雷迪的双手,温柔地握了一下。弗雷迪也知道他是谁,他就是那位"狡猾得像只狐狸,烟盒里总是有烟"的怪老头。弗雷迪简直不敢相信这位满头银发,温和慈祥的老先生居然是一只狡猾的狐狸。

老狐狸又开口了:"我亲爱的朋友们!还有什么比得上我的朋友们?"他停下来瞥了一眼那位装着木腿神情紧张的老头,接着往下说,"朋友们啊!欢聚一堂!太美妙了!朋友们,这太让我感动了，太让我感动了……"

托比说："好了，看在上帝的份儿上，让我们看地图吧。"

阿曼达姑妈在桌上展开了地图，其他人都围成一圈站着。

托比喊道："这是一个小岛！"

阿曼达姑妈补上一句："在西班牙海域上。"

老狐狸说："西班牙！那是一个美丽的国家！棕榈叶，还有美味的葡萄果，大自然的杰作啊！满地都是鹦鹉、猴子，还有其他野生动物，真是自然的杰作，我的朋友们，自然的杰作。"

弗雷迪加上一句："还有海盗！"

老狐狸说："我说了，还有鹦鹉（鹦鹉parrot和海盗pirate发音相近）。"

弗雷迪说："我说的是海盗！"

老狐狸说："这就是我说的嘛！在树上飞来飞去的生物，我的小朋友，它们在树上飞，还有红色和绿色的羽毛，还有……"

弗雷迪受不了了："海盗没有羽毛！"

老狐狸还在搅和："亲爱的，亲爱的，你怎么能这么说呢？你怎么能……"

"那你在树上看见过海盗吗?"

"在笼子里啊!我亲爱的小朋友!我看见过在笼子里的成百上千只鹦鹉。"

托比先生也受不了了:"够了!别再吵了!地图呢?我需要那个教区委员来看看这张地图。弗雷迪,你能不能帮忙去叫一下他?"

弗雷迪已经往门口跑去:"没问题,先生。"

"告诉他把他那瓶圣水也带来。他总是随身带着,也许我们用得着。别忘记了!"

"不会的,先生。"

托比先生忽然抓起帽子:"再等一下,还是我自己去吧。我去快一点儿。"一眨眼,他人已经在店外了。

圣 水

托比先生离开的时候,阿曼达姑妈在向两个怪老头解释那位来自中国的水手的事情。谈话结束时正好赶上托比先生带着教区委员回来,教区委员急急忙忙的,脚步声都显得不同寻常,平时不离手的烟斗也不见了。托比简要介绍了一下众人,然后立刻切入正题,给教区委员看那张地图,同时向他解释这张地图的由来。

教区委员很仔细地检查了那张地图,其他人都在盯着他看。最后他放下了地图,坐到了一张椅子上,把双手合着放到自己胖胖的肚子上,鼓起腮帮子,向大家说:

"我的意见是,我觉得我们应该做的是——我仔细

圣水

考虑了整件事，各个方面都照顾到了，最后我认为我们应该——当然你可以不同意我的意见，不过我认为我们最佳的选择是——除非，有些人比我有更好的办法，但是要是你没有，我就只好说我的办法最好——"

这个时候街上忽然传来一阵声音，让每个人都从椅子上跳了起来，除了阿曼达姑妈。好像是一阵急促的脚步声，伴随着奇怪的哭喊声，不是很响亮，但是却让人毛骨悚然。很显然有人处在困境中。弗雷迪和其他五个人立刻冲出门，跑到街上去探个究竟。

这时候街上已经很暗了，只有街角的路灯还有一点儿微弱的灯光。一个白色的人影正沿着人行道发狂似的向店门这里冲来，后面尾随着一群奇怪的生物追着他不放，灯光太暗了，实在看不清那些东西的样子。就是那些东西发出了让人血液凝结的可怕喊叫声。一会儿工夫它们已经跑近了。在前面飞奔的是一位气喘吁吁的男人，他又高又瘦，一身白衣，面色惨白，身后紧追不放的是一群红色的小怪物，头上长着小角，背后还有小尾巴，它们都一心想用自己的角去顶那个白衣男人，用它们的爪子去抓住他。弗雷迪想起这幅情景很像自己在《哈伦的晚餐》里看到过的。当那位白衣男人跑到店门口时，那些小怪物已经快要抓到他了。那个男人停了一下，看到了敞开着的店门，一下子跳了进来，把门牢牢地关上了。在白衣男人跳进店门之前,那些小怪物犹豫了一下,说时迟那时快,教区委员露了一手绝活。他从身后取出一个小瓶子,拔下瓶塞,往地面上洒了几滴。瞬间一股刺鼻的气味弥漫在空气中,弗雷迪都被呛出眼泪来了,不过看起来那些小怪物很害怕这种气味。它们一闻到这股气味就争先恐后地往后退,但是那股气味一直追着它们,最后那些小怪物无路可逃了,只好静静地站在原地不动;随后它们就开始融化,像烟云一样散去,最后消失得无影无踪。门口的每个人都惊呆了。

平齐先生说:"相信呜,呜从来没看见过则种事。"

教区委员酷酷地开口了:"我的圣水从来没有失手过。我出门一直带着它。没有什么妖魔鬼怪可以抵抗我的圣水,只要它们一闻这个小瓶子里的气味,一下子就灰飞烟灭了。只要几滴圣水,呼!它们就完了。先生,没有!世界上没有其他液体有圣水这么大的力量!"

那位白衣男人躺在店里的地板上,看上去完全精疲力竭了。他们问了他一些问题,可是他也没有力气回答。托比先生和平齐先生一人一边架着他回到后面的屋子里,让他坐在阿曼达姑妈身边。阿曼达姑妈吓得举起了手。那位男人长相很奇怪。他们扔给他一大堆问题,但是他只是一直舔着手指,还有摇晃着脑袋,并不开口回答。原来他说不了话,他是个哑巴。弗雷迪借着灯光仔细地端详了他一会儿,忽然想起了他是谁。

弗雷迪激动地喊起来:"这是哈伦先生,这是哈伦先生!"

哑巴看了弗雷迪一眼,朝他微笑起来,并且点了点头。他向屋里的所有人欠身致意。

托比开口了:"这肯定是哈伦先生,他还在被那些小怪物追杀。这次它们差一点儿就成功了,不过他还是化险为夷了,不是吗?"所有人,包括哈伦先生在内,都不禁笑了起来。教区委员又把他那个小瓶子拿出来展示,并且向哈伦先生解释用途,那个可怜的人吓得把自己的头搁在教区委员的肩膀上。

托比喊起来:"永远都不可能吗?我们是不是永远都不能安稳地看看这幅地图?我实在很想好好研究一下这幅地图。但是事情一件接着一件!哈伦先生,我要告诉你这件事情的始末,然后你就可以自己考虑一下了。你愿意加入我们吗?这里可比外面要安全多了!"

哈伦先生忙不迭地点头,并报以微笑,托比先生向他说明了事情的经过,并给他看了那张地图。

最后,托比说:"现在说吧,教区委员,把你刚才的话说完!"

希金森船长和西班牙海域

教区委员把圣水瓶子放回口袋里,双手又合起来放到自己肚子上,然后慢条斯理地说:"就像我刚才所说的……"

托比插嘴道:"别管了,告诉我们应该做什么?"

教区委员接着说:"好吧,就像我刚才说的那样,我深思熟虑之后,觉得最好的办法是……不过我不能说没有更好的办法,我不能说没有其他的聪明人……不管怎么样,在我看来,我们应该……"

阿曼达姑妈忍不住了:"听着!"她一直在研究地图,她的手紧紧地握在一起,非常激动。"我刚才弄明白了地图下方文字的意思,我现在读给你们听,你们想要听吗?"阿曼达姑妈的声音颤抖了,手也在发抖。除了教区委员,其他人都请求阿曼达姑妈说下去。"哦!你觉得这可能是真的吗?可能吗?要是真的怎么办?"阿曼达姑妈念叨着。

托比发话了:"也许你应该给我们念念,阿曼达姑妈……"

"好的,我会的,我会念的,别催我。上面说的是……要是真的怎么办呢!'修正'之岛:经过估测,北纬12°32′14″,西经61°45′13″。这上面就是这么写的。是一种很奇怪的语言——不管怎么样,上面就是这么写的:

'我,鲁本·希金森,"棉花老妈号"双桅船船长,来自新贝特福德,发现了这个小岛。

敬告伊丽莎白·希金森,老处女,或是其他见多识广的长者们,新贝特福德。

现在我当然要去接我的妹妹来这个岛,还有其他的人。

船漏水漏得很厉害,抽水机也没有什么用。水逐渐渗到甲板上了;所有的桅杆都被冲掉了;船大概会在一个小时内沉没。

这张地图会被装在一个瓶子里扔出船外,瓶子里面还有一张纸附有在那个岛上如何"修正"的方法。'"

托比问道:"那么那张纸呢?"

阿曼达姑妈说:"不在这里,我猜希金森船长把它弄丢了,或者他没有来得及把它塞到瓶子里。不管怎么样,下面还写了:

'请找到这个瓶子的人能够记住这些水手。还有,希望他能坚持下去找到这个小岛。''因为这个小岛——'"

"注意听——"阿曼达姑妈手一边发抖一边说,"你想过这会是真的吗?这个鲁本·希金森是一个出色的贵格会船长。我肯定,而且我相信他说的是真的,特别是他还赶回家想去接他的妹妹……"

托比说:"你怎么不往下读,别再谈这谈那了。"

阿曼达姑妈说:"我会的,下面说的是:'因为这个小岛能够使人免遭过去错误的折磨,这个岛能够改正你过去犯下的错误'——哦!听听看!只有鲁本·希金森能够让我相信这一切,'你过去的错误、失望、没有达成的愿望,在这里都会被改写,以前折磨你的那些痛苦都会荡然无存:这也是我称之为"修正"之岛的原因。'"

"'要想完全地修正是非常危险的;不过让我们丢弃畏惧之心,这样才会有志者事竟成。'"

"'要是世界上有什么驼背的人',就是这里!很精彩吧!不过希金森船长本来不该说这个的,当时他正在和船一起下沉,又是在回家去接他妹妹的路上……"

平齐先生发话了："呜亲爱的女士，要是你能够……"

"好吧好吧，给我点儿时间。你弄得我太紧张了。现在你们听听这个，别插嘴：'要是世界上有什么驼背的人，就应该让他们站直。'"

阿曼达姑妈停了一下，愣愣地盯着托比。平齐先生和托比也互相盯着对方。

"'要是世界上有瞎子，就让他开眼；要是有哑巴，就让他开口说话。'"

说到"哑巴"的时候，伏在桌子上休息的哈伦先生，高兴得一跃而起，几乎撞到了房顶。阿曼达姑妈向他点头示意，其他人也都盯着他看。

"'要是有老人，就让他返老还童；要是有胖子，就让他变得苗条。'"

教区委员听到"胖子"这个词时，轻轻嘟哝了一句，然后在椅子里坐得更深了。

"'要是有人囊中羞涩或是低声下气，就会让他从此昂首挺胸。'"

装着木腿的怪老头正把他的那条木腿架在椅子上，听到这句，忽然把木腿放了下来，坐直了身子。站在他身边的托比会心地拍了拍他的肩膀。

"'要是有人诡计多端，一毛不拔，就让他从此换上一颗善意的心灵。'"

阿曼达姑妈直直地盯着老狐狸,他正环顾周围微笑着,屋子里除了哈伦先生以外的人都把视线集中在他身上。老狐狸也注意到了,他疑惑地环顾周围,笑得比以前还要谦卑几分。

他说道:"太好了。多美啊。要是我的亲爱的朋友们能够换上一颗善意的心灵,——那真是太美了!"

阿曼达姑妈说:"别打岔了。弗雷迪,听听这个!"

"'要是有人长得又小又矮,就让他长成一个高大威武的男子汉。'"

弗雷迪眼睛睁得大大的。要是一夜之间就能长成大人,那实在是太棒了!

阿曼达姑妈说道:"但是这最后一条,我不知道我是否理解得对……"她的声音忽然开始颤抖,于是她擤了擤鼻子,清了一下嗓子,"不过我尽力而为吧。哦!这可能是真的吗?这个优秀的船长,他还有个妹妹在新贝特福德,这怎么可能是假的?当大海呼啸着卷起浪涛,这艘船最后灌满了海水,之后……"

托比也忍不住了:"阿曼达姑妈,要是你不愿意读最后这部分……"

"好的好的,托比,我会读的,这一定是真的,否则那么一个好人是不会把这些写下来的。这最后一段才是精华所在:'要是有佳人无缘无故受到冷落,就让她找到一个最好的归宿。这封信也该结束了,去过那个岛的人不会再有遗憾和悔恨。现在我把自己的身体献给大海,把我的灵魂献给……'"

屋内的人群大喊:"继续!继续!"除了哈伦先生。

阿曼达姑妈又一次擤了鼻子,然后把地图放回桌子上:"结束了,我猜想他没来得及写完这封信。"

探险小队

阿曼达姑妈读完全文之后,大家都静默了好一会儿。托比先生最先开口:"要是那个小岛真的那么神奇,我赞成去那里看看。"

屋里响起了一阵嘟哝声,然后哈伦先生点头表示同意。

托比先生继续往下说:"好吧,我们最好想好自己到底想拿那个岛怎么办?教区委员一直沉默不语,我觉得我们应该听听他的意见。说吧,教区长,你认为我们该怎么做呢?"

教区委员严肃地环视四周,终于开口了:"正像我要说的那样,要是有人有更好的主意,我一定不会固执己见,不过首先你得先听听别人的意见才行。"

大家齐声大喊:"别再这样啦!"除了哈伦先生,他们猛摇着头。

"好吧,要是你非得问得这么明确的话——正像我说的那样,对我而言,这件事实在是太好了——这是我——你知道的——唯一办法,我只是说出自己的意见,我也不会假装自己意见值得……"

托比先生粗鲁地大喊:"干脆点儿!你不是镇上最老成持重、见多识广的人吗?加油,告诉我们该做什么,快点儿!"

"召唤出那位无所不能的水手!"

大家都没有想到这个法子,愣了好一会儿。

托比先生说道:"啊!你终于说出来了。我们应该召唤出那位雷穆尔·米曾先生,这是他的名字吗?这才是当务之急!你们同意吗?"大家都表示赞同,然后托比先生转向弗雷迪,"他可是你召唤出的人,弗雷迪,要是你以前做到过,我觉得再做一次也没什么关系。大家等一会儿。"随后托比先生跑进店里,很快取出那个中国瓷器罐子和一支陶制烟斗回来了。

"现在,弗雷迪,再变一次戏法吧!"

弗雷迪说:"不,先生,我不愿意。"

阿曼达姑妈也开口了:"你不应该让他做这个。"

托比先生大喊道:"胡说,阿曼达姑妈。这个小孩和以前一样坏,再做一次对他没什么伤害。我来把烟斗装上。"

平齐先生真诚地笑着:"则很好玩,让那个老叫花子抽一口吧!"

老狐狸朝弗雷迪微笑着说:"我亲爱的小朋友,你要记住,比你年长的人说话总不会错……"

托比先生已经装好了烟斗:"来这里坐着,弗雷迪。"然后他轻轻地把弗雷迪按在阿曼达姑妈身前的坐垫上面。

弗雷迪不停地摇着头,但是托比先生把烟斗塞到他嘴里,然后划了根火柴。其他人都静静地坐着,满怀希望地望着弗雷迪。

托比喊道:"现在抽吧!"他点燃了烟斗。

弗雷迪吐出一口烟。这一次他没有呛着。随后他连着吐出好几口。白色的烟圈在众人头上缭绕,渐渐汇集成一片浓厚的烟雾,而且变得越来越厚,弗雷迪都看不见东西了;烟雾逐渐开始移动,弗雷迪又加上了几口烟。他心里明白什么东西快要来了,同样的事情之前已经发生过一次。那片五光十色的烟雾离弗雷迪越来越近,最后弗雷迪感觉自己瞬间上升到了半空中,然后不断坠落,最后他摔到了地上,回到了阿曼达姑妈的坐垫上,回到了安静的房间里,那片烟雾早已无影无踪了。

弗雷迪听见托比先生的喊声："进来吧！"

店门打开了，雷穆尔·米曾先生神情自若地走了进来。

他摘下自己那顶蓝色的水手帽，向大家欠身致意。

"又把我叫出来了，大家晚上好啊！"还是那种嘶哑的嗓音，"雷穆尔·米曾！就是我！船长，听候你的命令！水手们都还在甲板上削苹果，我把剩下的那点儿柠檬和威士忌都锁了起来，然后躺在床上开始数远方的星光，'三十一，三十二……'忽然门口响起一阵铃声，有个船员进来大声叫喊，让我上岸去，于是我把帽子又扣到头上，跑去整理好自己的柜子，然后熄了灯，最后我又往后望了一眼，走到床边把床单取下，挂到外面晾干。我就过来了。"无所不能的海员总结道："听候你的调遣。"他很严肃地看着弗雷迪。

阿曼达姑妈边喘边喊道："好啊！我从没有听过这样的……"

托比开口了："我来告诉你事情的缘由，西班牙海域上有一个'修正'之岛。"

雷穆尔·米曾说："啊！先生！你想去那里吗？"

所有人都叫了起来，"啊！"哈伦先生也一直点着头。

雷穆尔·米曾说："没什么麻烦的。只要坐上'筛子'，我们就起航了。'筛子'是一艘可爱的小帆船，大家都一起去吗?"

老狐狸开口了:"可以啊,如果您乐意帮忙,不过我还有一个小问题——有没有什么费用啊?"

雷穆尔·米曾说:"一毛钱也不用,什么都是现成的。船长说了算。"

老狐狸高兴地喊起来:"啊!西班牙!那些丛林里上蹿下跳的猴子和鹦鹉!——我参加!"

托比先生说:"我想我们都会参加,大家同意吗?好的,就这么定了。我的意见是,现在就出发,正好我们无所不能的海员在这儿。"

弗雷迪问道:"我不应该先跟妈妈说一声吗?"

托比说:"我明早就会写个便条给她,放心,我来搞定。"

阿曼达姑妈说道:"我想我应该完成这些针线活。"

托比看起来胸有成竹:"没时间了,船在哪里啊,米曾先生?"

"在街角的码头上。"

"出发吧!"托比说道。

托比第一个跑出房间,回来时戴上了那顶白色礼帽,领带也已经扎好了。他扶着阿曼达姑妈起身,给她取来了一顶黑色的无边女帽,阿曼达姑妈将帽子戴上,把羊绒围巾披在肩上。

托比喊道:"万事俱备!我们启程吧!"

米曾先生又哼起了小调:"我们要去西班牙,无论山高水远,赴汤蹈火,因为我们是世界上最勇敢的人,我们会在澳大利亚待上一两个星期,像植物学家一样收集蕨类植物,最后我们在西班牙打听路途,然后马不停蹄地奔向西班牙海,那里鱼儿游啊游——船长,拿好这个。"他把地图交给弗雷迪,弗雷迪小心翼翼地将地图放到自己的口袋里。

托比先生问教区委员:"你带上圣水了吗?"

胖子拍拍口袋:"在这儿呢!"

托比说:"我带了中国烟草,也许我们会用得着。"然后他把那个中国瓷器罐子夹在胳肢窝下面。

几分钟之后,整个小队已经站在路上了。托比最后锁好了店门。他们在街道之间穿行时听见教堂钟塔上传来一阵微弱的声音,他们仔细一听才明白那是"平齐,平齐!"不过平齐先生只是耸耸肩膀,没有发表什么评论。

天已经很黑了。路灯发出的微弱灯光让夜色更加阴沉。在平齐先生父亲的呼唤声渐渐消失之后,他们又听见怪老头的木腿踏在砖块路上发出的响声。那些路边的住宅都早已关上了大门,而那些仓库和商店在夜色中显得更加阴暗和可怕。他们在空荡荡的路上看见一位巡警的背影，那背影逐渐消失在街道的拐角处。看到这些可怕的景象之后，弗雷迪把手塞到那位无所不能的海员宽大的手掌里。弗雷迪心想自己没有告诉妈妈就这么远走高飞是不是不太妥当，不过托比先生保证会搞定的，而且他就要去船上玩了！要是现在他跑去向妈妈汇报自己要坐船远航，他觉得自己这趟大概别想成行了。现在弗雷迪几乎可以闻到柏油绳索的独特香味了。

他们走得很慢，主要是因为阿曼达姑妈腿脚不灵便。打头的是雷穆尔·米曾，弗雷迪走在他旁边。后面跟着一瘸一拐的阿曼达姑妈，托比先生和平齐先生一人一边扶着她。之后是教区委员和老狐狸，殿后的是哈伦先生和装着木腿的怪老头。

最后他们看到不远处隐隐约约的船影，好像它们是从街道上的房屋中生长出来的一样；随后他们发现自己已经置身于一个大码头中，身边都是成堆的货物和箱子，而黑色的海水一阵一阵扑打着那些货堆。弗雷迪感到浑身一阵战栗。这一刻他脑子里已经没有爸爸妈妈的影子了，他满脑子只有那黑色的海水和柏油的味道，以及广阔海面之上的船甲板，远方的西班牙海域。

无所不能的海员领着大家穿过那些箱子和货物堆，走

到深色的船体前面。他转过身来,面朝大家,轻触了一下自己的帽子,然后庄重地说:

"上船吧!"

"筛子号"的航行

当弗雷迪第二天早上醒来时,他伸了个懒腰,揉揉眼睛,惊奇地发现自己身处的这个房间地板居然一边高一边低,一会儿工夫,另一头又翘了起来,刚才高高的那一边沉了下去。整个房间就像跷跷板一样此起彼伏的,弄得弗雷迪头晕目眩,心想自己到底到了什么地方。最后他决定起床看个究竟。

弗雷迪小心翼翼地沿着地板走到窗边。当他刚一踏出脚,脚下的地板好像就陷下去了一样,弗雷迪赶紧扶稳床边,再慢慢移动脚步,地板忽上忽下的,让弗雷迪头晕得更厉害了,他的胃也开始翻江倒海。因为地板晃来晃去的缘故,弗雷迪撞到了墙上,终于摸到了窗户,但地板忽然又倾斜到另一边,弗雷迪给摔回到床上去了。弗雷迪觉得天旋地转,头也疼得厉害,胃里更是——天哪!最后他决定到床上躺一会儿。

弗雷迪一躺就是两天。

这两天里发生了什么他已经记不太清楚了。弗雷迪睡了好久,有一个戴着绿色眼罩的人不时地进进出出,但是弗雷迪也不想管那么多,他只想永远这么睡下去。

第三天早晨起床时弗雷迪脑子清楚多了。他饥肠辘辘,连蹦带跳地穿好衣服,晃晃悠悠的地板让弗雷迪胃口好极了。他在想早饭时能不能吃到烤肉和鸡蛋。

一会儿工夫弗雷迪就打开了门,飞奔出去。虽然他身体虚弱,步伐不稳,但是他根本就顾不上这些了。他奔上楼梯,深深吸了一口早晨清新的空气。

弗雷迪站在船甲板上。蓝蓝的天上白云飘,阳光普照在一望无际的海面上。船头很有规则地起起伏伏。船上还有三根高高的桅杆,两张大帆在桅杆顶上迎风飘扬着。这是很美的景象。

弗雷迪在甲板上走了几步。船上的人都一身蓝色衣服,在专心清理甲板、卷绳索还有清洗金属,在一个小房间里有一个男人站在一个竖直的轮子旁边。阿曼达姑妈和托比先生、教区委员，还有两个怪老头站在桅杆下面。弗雷迪向他们大叫着打了个招呼。

托比先生也喊着回应弗雷迪："好啊，小家伙，我们在这里呢！这次够好玩吧？那些远足队差远了，我就是这么说！这两天我都起不了床。"

阿曼达姑妈说："我们都是一样，弗雷迪，你现在好点儿了吧？我觉得自己是太激动了。这里的空气真是太清新了！"

弗雷迪回答："是啊，你在便条上怎么说的，托比先生？"

托比说："什么便条？"

"什么？给我妈妈的便条啊，解释我出来旅行……"

托比喊道："啊！我给忘了个干净！太糟糕了！现在我们怎么办呢？"

阿曼达姑妈还比较冷静："好了！只有你会做出这种蠢事，托比·立特巴克，我觉得你的脑袋都没有安在……"

平齐先生也凑热闹："灰常糟糕，灰常。"

老狐狸说："我亲爱的朋友们，让我们不要在这么美好的早晨互相责备了。这一切都如此美丽。而且也不用花你一毛钱。太棒了，你们听见微风吹过那起锚机的声音了吗？"

他摘下自己那顶高高的丝绸礼帽，然后深情地看着天空中飘扬的风帆,其他人也和他一样,在倾听那海风的声音。

阿曼达姑妈忽然喊了起来:"看!为什么哈伦先生会在那里?"

在第二根桅杆的顶上,有一个白色的人影,站在一根船索上,向下面的人群挥手致意。托比先生也挥动自己的白色礼帽向他回礼,哈伦先生准备下来了,弗雷迪紧张得浑身发抖,不过这是哈伦先生的拿手好戏。他轻轻地从高处顺着桅杆一路滑下来,在桅杆之间跳来跳去,最后跳到了绳梯上,稳稳地借着船体的反弹力翻到了甲板上,然后很有风度地向大家欠一欠身。

托比喊道:"无所不能的海员,过来!看看这个人的手腕到底有什么鬼!"

雷穆尔·米曾先生走过来,摘下自己的礼帽,向大家行了个礼。他右手手腕上站着一只红蓝色的鹦鹉,它向这群陌生人伸出脑袋,然后疑惑地看着无所不能的海员。

米曾先生开口了:"早上好,大家!很高兴看到乘客们都恢复活力了。女士们,先生们,世间没有什么比得上这片广阔的大海。"

阿曼达姑妈战战兢兢地说:"你确定它是安全的吗?"

"绝对安全。这艘小帆船叫做'筛子',保证把海水都给筛出去。大伙都在下面舀水呢,这艘船绝对不比平常漏水漏得厉害,当然,你永远也不知道未来会发生什么,不过这里舀水器具一大把,除非我们遇上一场暴风雨,或是触礁了……"

阿曼达姑妈喊道:"上帝保佑!我真希望我没有上这条船,要是有些针线活做做就好了。"

"你会补袜子吗,女士?"

"太好了!我还能缝补男士们的衬衫,帮着洗衣服,我,还有……我肯定这趟旅行会非常愉快!我现在感觉好多了。我不相信会有什么危险。这艘船漏水什么的全是胡说八道。"

一个声音从米曾先生的手腕上传过来:"你的朋——朋——朋友们是谁?"

大家都惊讶地望着那只鹦鹉,它正把自己的脑袋贴在米曾先生的脸上。

鹦鹉又结结巴巴地发话了:"女——女士,你的朋——朋友是谁?"

米曾先生说:"别管了,你一会儿就会知道。早饭准备好了。大家都想吃早饭吗?"

在大家回答之前,那只鹦鹉张大了嘴,大笑起来:

"干杯！三……三道菜，三……三块排骨，牛……牛排，烤……烤肉还有鸡蛋！我吃肝……肝脏，还有洋葱！哈哈哈！为肝脏，还有洋葱干杯！"

海员说："安静点，马默杜克，要不然我就把你锁回笼子里去。"

马默杜克打了个喷嚏："啊……啊……阿嚏！"然后用它的脚爪整理了一下羽毛。"看……看……看我成什么样子了！我得……得……得了该死的感冒！为发烧干杯！阿嚏！"

"要是你还这么多嘴大胆，我马上把你关到笼子里去。得教你些规矩了，要是我再听到……"

马默杜克最后的喷嚏声给米曾先生的训诫画上了句号。

大家都笑成一片，除了米曾先生。

他说："好了，等到我有了自己的狗，就有你好看的了，现在离我远点儿，现在！"他把马默杜克掷向天空。鹦鹉飞到一根桅杆上歇着去了，顺便泰然自若地瞅着下面那群人。

"要是有烤……烤肉和鸡蛋，我就吃肝……肝脏，为……为肝脏干杯！"

弗雷迪笑得半死，其他人也差不多，只有平齐先生一脸莫名其妙。

平齐先生开口了:"呜们怎么吃得到肝脏呢?不是子(只)有烤肉和鸡蛋吗?"

大家笑得更开心了,平齐先生完全被搞糊涂了。

托比说:"以后我再和你解释。你以前没有听过笑话吗?"

平齐先生回答:"有的,呜听过一个灰常好玩的笑话,灰常灰常好笑。呜会告诉你的,以前呜还是个小孩……"

米曾先生说:"早饭铃响了,抱歉打断你们的交流,不过我们再不去,早饭就凉了,之后我们还要进行选举呢!"

大家都不听平齐先生的笑话了。海员带着大家向楼梯旁边的一个小房间走去。

一会儿工夫大家都在餐厅里的圆桌旁边就座了,就等早饭上桌。大家都坚持让米曾先生坐在一块儿,他也同意了。

一个大约十八岁的小伙子走了进来,也坐在桌边等着就餐,他一头惊人的红发,目光里透射出一种胆怯,好像他总是害怕做错什么事情一样。他坐在米曾先生旁边,脸上显露出一种古怪的扭曲表情,他开口说:

"这……这……这是……"

米曾先生打断了他:"船长在这儿。"然后向弗雷迪点头。

小伙子走向弗雷迪,然后带着扭曲的表情继续开口:

"这……这是排骨,牛……牛排,烤……烤肉和鸡蛋。"

弗雷迪说:"好,先生。"

小伙子一脸迷糊地看了弗雷迪一眼,继续往下说:

"有……有排骨,牛……牛排,烤……烤肉和鸡蛋。"

弗雷迪有点尴尬:"好,先生。"

米曾先生终于发话了:"水手,我不想责备你,不过这些我已经连续吃了两天了!给下一位客人介绍!"

厨师小伙儿站在阿曼达姑妈的椅子边,战战兢兢地继续说:

"有……有排骨,牛……牛排,烤……烤肉和……阿嚏!"他打了一个大喷嚏,只好掏出手帕擤干鼻子,再从头来一遍。

"有……有排骨,牛……牛……"

阿曼达姑妈开口了:"排骨很好啊,谢谢你。"

厨师小伙儿站到托比的椅子后面,继续不折不挠地说:

"有……有……阿嚏!有……有排骨,牛……牛……"

托比说:"排骨和牛排。"

厨师小伙儿挨个儿站到每个人的椅子后面给他们介绍

菜单。每个人都点了不同的菜。可是到了最后,弗雷迪发现那位厨师小伙眼中有一滴眼泪流了出来,点完最后一道菜之后他就推开门离开了。

他刚一出门,门外就响起了可怕的抽泣声。

米曾先生说:"这个厨师小伙儿脾气古怪,不过他真得好好改一改了。"

过了一会儿,厨师小伙儿端着盘子走进来,当他走到弗雷迪身边时,整艘船忽然往下倾斜,他手上的四只盘子滚到房间的另一边去了,牛排、排骨、烤肉和鸡蛋撒了一地。

厨师小伙儿放声大哭起来,然后飞一般从房间里跑掉了。门外传来比刚才还要厉害的哭声。

米曾先生安慰大家:"别在意,他一会儿就回来了。"

果然,厨师小伙儿一会儿眼睛红红地回来了,小心翼翼地把盘子放到每个人面前。盘子里菜肴很丰盛。

吃完早餐之后,米曾先生说:"现在,我们上去进行选举吧。"

大家上了甲板,都被眼前那一大群穿着蓝色水手服的男人们惊呆了,他们齐刷刷地坐在甲板上。当大家靠近时,水手们都起立向他们致意,其中一位水手向米曾先生小声说了些什么。

米曾先生对大家说:"他们都准备好选举了。这里有三十六个水手,他们已经选出了船长和大副;十三位船长加上二十三名大副,他们得各就各位了,所以我现在就是这艘船上唯一的导航员了。"

阿曼达姑妈说:"什么!你难道想说……"

米曾先生低声说:"正是,女士。你看,他们都是自由和平等的人,一切都是大家投票选出来的。没有其他的途径。幸好不是每个人都想当船长。不管怎么样,现在都好了,他们都对我们这次旅行一无所知,我是这艘船上唯一的导航员,要是他们把我选作船长情况还是一样。不过他们不这么想。一言难尽。现在他们都穿戴整齐,得让他们上工了。"

阿曼达姑妈说道:"好啊!我从来都没有……"

那十三个船长和二十三位大副匆匆离去,一会儿就又都回来了,一身蓝色水服,蓝色帽子上面镶着金丝,袖子也是金色的;船长的袖子上有十道杠杠,大副则是九道。

米曾先生让他们站到一边,和他们面授机宜之后,转身回到大家身边。

"好了,万事俱备,一部分人去排水,一部分人运转帆船,我负责导航。希望漏水不要更加严重了。"

弗雷迪在船上到处溜达东看西看。现在尽管帆船还是不断地摇晃,但是弗雷迪早就适应了。弗雷迪最后走到船尾，倚着栏杆望着船下面不断涌起的白色波浪。他越来越为这次冒险之旅感到高兴。托比先生忘了写便条这件事实在太糟糕了，不过现在也没办法，以后大概可以找到一个可以寄信的地方吧。乘船航行实在是太酷了，伴随着甲板的起起伏伏，波涛的滚滚而去，还有消失在视野中的大陆，去西班牙好像还没有这么好玩，不过这个冒险的过程实在是——然而，弗雷迪实在不想太快结束海上的这趟航行。

阿曼达姑妈膝盖边上堆着一堆水手的袜子，看起来她挺心满意足。哈伦先生在桅杆顶上的缆绳之间荡来荡去。教区委员、平齐先生、托比还有老狐狸坐在椅子上热烈地争论着什么。装着木腿的怪老头附在一个大副耳边窃窃私语，大概是想借口烟抽抽吧。

忽然弗雷迪听见自己身后传来了鹦鹉马默杜克的大笑声。他转过身去，看见马默杜克停在栏杆上，面前站着那位厨师小伙，不停地晃着手指，发泄着他的愤怒。弗雷迪马上向他们走过去。

厨师小伙儿脸涨得和他的头发一样红，大声抱怨着："我再……再……再也忍受不了了！你总是嘲……嘲笑我到……到底是……是什么意思？"

鹦鹉回答："谁？是……是……是我吗？"

厨师小伙儿大喊道："就……就……就是你，就是因为结……结……结巴,你……你……你也有结……结……结巴吗?"

"我……我吗?你完……完全搞……搞错了。你才是那……那个有结……结……结巴的。"

"你不是总说有……有排骨,牛……牛排,烤……烤肉和鸡……鸡蛋吗?你不是吗?你赶……赶紧滚蛋,听……听到了吗?我再……再……再也忍受不了了。你最……最好相信这个。"

"呜呼!天灵灵地灵灵!波波波!有……有排骨,牛……牛排,烤……烤肉和鸡……鸡蛋!为……为肝……肝脏还有洋葱干……干杯!"

可怜的厨师小伙儿大哭起来。

他踱着步子:"好……好吧,我……我没法……法子了,我就是结……结……结巴。但是没……没有鹦鹉可……可以嘲……嘲笑我。我要扭……扭断你这个浑……浑蛋的脖……脖子,你……你这个流……流氓,等……等着瞧!"

鹦鹉尖叫道:"马默杜克是我的名字!记住这个名字吧!波波波!我有肝……肝脏还有洋葱,肝……肝脏还有洋葱,波波波!"

厨师小伙儿示威一样地举起了手。

"你再……再敢……阿嚏!"他打了个大喷嚏,接着又把手帕掏出来了。

"阿嚏！"鹦鹉也打了个喷嚏，然后模仿厨师小伙用脚爪擦着自己的喙。

这实在让厨师小伙儿忍无可忍了。他一把抓住鹦鹉，要是弗雷迪没有及时赶到，马默杜克的脖子大概真的被拧断了。

厨师小伙儿最后在弗雷迪的阻拦下终于勉强把马默杜克放走了，弗雷迪接着说："到我的房间来一下吧。"

厨师小伙儿一边擦着眼睛一边抽着鼻子说："好……好吧，我会……会来的，不……不过这……这只鹦鹉迟……迟早会搞……搞出麻烦，你记……记住我……我的话。"

厨师小伙算旧账

柔和的月光洒在广阔的大海上。我们的探险者正在和米曾先生一起举行派对,大家安静地坐在后甲板上,享受着清新的空气和海风,欣赏着月光在海面上留下的迷人印记。此时的大海非常平静。微风轻轻地拂过,"筛子号"好像停住了一样。

米曾先生正在挠鹦鹉马默杜克的脑袋,它正很舒服地停在米曾先生的手腕上。前甲板上面,水手们也在举行自己的派对,欢声笑语隐隐约约地传到了大家的耳朵里。

平齐先生说:"在月光下放歌总是让人很享受的一件事。呜还记得当呜还是一个孩子时……"

托比问道:"那你现在为什么不为我们大家唱一曲呢?"

大伙儿附和道:"是啊!"

平齐先生低着头望着甲板:"呜很高兴这样做,不过呜感冒了,而且呜子会唱一首歌。"

阿曼达姑妈问:"什么歌啊?"

平齐先生回答:"凯瑟琳宝贝儿。"

"那是首很好听的歌啊,给我们唱唱吧。"

米曾先生开口了:"等一下,我去拿吉他来伴奏,我会弹吉他。"

米曾先生走了之后,其他人七嘴八舌地在聊天,弗雷迪忽然感觉到一只手抓住了自己的胳膊,他回头一看,发现是那位厨师小伙儿站在自己椅子后面,眼睛里闪烁着一种奇怪的光芒。厨师小伙儿凑近弗雷迪的耳边,小声说道:

"留……留……留点儿神!明……明天有点儿什……什么事要发生了!等着瞧吧!米……米曾和马……马默杜克要倒大霉了!"

弗雷迪警惕地看着他,正想问些什么,这时米曾先生带着吉他回来了。

米曾先生把马默杜克放到栏杆上,然后坐下来说:"好了,我弹一组和弦。准备完毕,平齐先生。"

平齐先生勉强地说:"呜真的感冒……"

托比说:"行了,我们能理解,现在,开始吧。"

平齐先生大声清了清嗓子,咳嗽了两声,然后唱道:

"凯瑟琳宝贝儿,'鬼'(灰)色的'发'(花)瓣正在凋零……远方传来了猎人的'货'(号)角。"

托比笑得上气不接下气:"哈哈哈哈!猎人的'货'角。以前我没听过这么好玩的歌真是太可惜了!我的活宝啊!平齐先生,你是不是发不出'h'这个音啊?哈哈哈哈!"

平齐先生气坏了:"则实在是太没有礼貌了。呜再也不唱歌了。"大伙也觉得托比的话过分,都没人再拿平齐先生开玩笑了。

阿曼达姑妈说:"托比·立特巴克,这就是你的做派,一团糟。现在你赶紧向人家道歉去。"

托比道了歉,平齐先生说没什么,只是他再也不唱歌了。

"现在你只好自弹自唱了,米曾先生。"托比说道。

米曾先生摆弄着吉他说道:"好咧!要唱什么呢?"

厨师小伙儿又在弗雷迪耳边说悄悄话了:

"这下……下子你可以看……看到他的另……另一面了。你记……记住我……我的话。"

米曾先生开始了:

"女士们先生们……"

鹦鹉打了个喷嚏:"阿嚏!潮湿的床……床单还有一个翻……翻腾的大……大海!为……为……阿嚏!为……为感冒干……干杯!"

厨师小伙儿的咒骂又传到弗雷迪耳朵里:

"这……这两个家伙死……死定了。"

阿曼达姑妈说:"给我们唱点儿你自己的故事吧。"

米曾先生说道:"啊!好的,女士。"他弹了几组和弦之后,开始歌唱起来,他的声音像浓雾一般低沉哀婉:

"当我还是少年时我坏得不像样,

从来也不会说'请'或是'谢谢',

进了教堂我也不下跪,

在学校我也从不念ABC,

我不守规矩,不明白人情世故,

更没有从上帝那里得到一点儿垂青,

我坏得不像样,有时坏得一塌糊涂,

有时坏得昏天黑地,

有时候我用铅笔扎小女孩,

有时候我上树去偷小鸟蛋——

哦,我以前顽劣不堪,

我有时想向一只跳蚤拜师学艺,

学习如何在圆溜溜的豌豆上保持平衡——

哦,我很坏。我妈妈说:

'要是你再不学好,

我就把你关进柜子里去。'

不过我不会,我不会,不会,先生,

所以我来到了大海上,

是的我来到了大海上;

我带着一瓶茶叶,

手帕里包着一个便士,

因为我向往自由,

所以我来到了大海上。"

米曾先生停了下来,回头望着船边的栏杆。他说:"我刚才好像听见栏杆发出一点儿奇怪的声音,你看它们好像变矮了。不过我猜自己大概多心了。"

大家都说没什么事情。厨师小伙儿又阴魂不散地出现在弗雷迪耳边咔咔地笑。

米曾先生说:"大家还想听第二曲吗?"

大伙儿异口同声地说:"好啊!继续!"

米曾先生一边摆弄着吉他,一边说:"这就来了。我出海以后,有过很多次精彩的冒险之旅,其中的一些——不管怎么样——

我年轻时绕着赤道航行,
从地球的这一头跑到另一头,
伴随着我的这艘老破船啊,
装着战争用的硫磺满世界跑,
在安第斯山脉边上,我们遇见了罕见的风暴——
天越黑,风儿就越猛烈,
忽然之间我们的破船就被吹成了碎片,
这样可怕的事情就发生在——
纬线的第四十七根平行线上。
最后我们选出了一位代表,
让他来到伦敦,
踏过那些长长的阶梯,敲响小小的门铃,
对那些爵士说出实情,
他们戴着假发坐在房间里制定航海图,
代表向他们讲述了那个可怕的地方,
'将他们吞了进去,又把他们吐了出来。'
不是船上的窟窿也不是威士忌,
让大家这么倒霉,
这条可怕的纬线正好穿越了我们的航道。
这条死亡纬线黑暗而漫长,
虽然我们有很多希望,

但是我们谦卑的请求仅此而已——

标出这条纬线,我们请求你,让大家都不要再靠近它。

让大家都能平平安安地航行,

这就是我们谦卑的请求,

世界上到处都潜藏着猛兽,

无声无息地袭击着人类。

所以我们真诚地恳求你,

'请你发发善心,为大海除去这份危险。'

但是我们没有成功。

那些老爷不愿意这么做,

保安们客客气气地把我们送出门,

我们无声地哭泣,

因为我们看到了他们犯下的罪过。

他们给我们的解释居然是,

他们不能帮助我们的原因居然是,

以前从没有这样的先例,

以前从没有这样的先例。"

米曾先生又顿了一顿,然后顺着甲板望向桅杆,开口说道:"我总是觉得甲板比平常歪一点儿,船尾好像也不太正常。不过……大家还想再多听一曲吗?"

大家都请求他继续。

弗雷迪又听见厨师小伙儿的声音:"我已经做了。你会看……看到的!当他们发……发觉的时……时候,会不会吓……吓得唱……唱跑调了?"弗雷迪惊讶地望着他,这时米曾先生开始了他的第三曲:

"当我长大了,变得像你希望的一样勇敢,
我驾着自己的宝贝船'奶酪桶',
在遥远的南海上航行,
装载着满舱的龙涎香。
这种香料来自琥珀色的树洞中,
那些为了金钱奔走的采药者,
趁着夜色潜入其中,
采得那宝贵的琥珀色果实,
这种果实可以医治手上的暗疮……
漫长的旅行中我们像蜜蜂一样匆忙,
我们马不停蹄地奔走,
从没有一刻停歇。
只有风向可以改变我们的航线,
大风让我们逐渐偏离了航道,
穿过了赫布里底群岛,
划过了佛罗里达海域。
那里布满了危险的礁石,

但是危险对于我们这群人来说早已算不了什么,忽然瞭望员大喊起来,这个葡萄牙小子平时恨不得躲到豌豆里去,他发着抖大喊着:'他们来了!他们一队一队地来了!''他们就在甲板上!我们完了!'"

"我们完了,我们完了!"船头忽然传来一阵惊恐的喊声,就好像是米曾先生歌声的回音一样。"我们完了!排水的工具都不见了!"

大家都跳了起来,连阿曼达姑妈也不例外。厨师小伙儿激动地在弗雷迪耳边说道:"现……现在你看……看到了吧?"

一个男人跑了过来,后面跟着所有的水手。他停在米曾先生面前,看到他戴着的厨师帽,就可以很清楚地知道他就是大厨。大厨摘下自己的帽子,擦擦头上的汗珠,看上去他已经惊怒交加了。

他一边扯着自己的头发一边吼道:"我们这次完了!都是那个浑蛋小伙子干的好事。那些排水工具都不见了,一件都没有剩下!舱底一桶一桶地进水!我发誓是那个家伙干的。现在他偷了所有的排水工具溜了,我可以赌上自己最后一分钱,确确实实就是他!整艘船上没有一件排水工具剩下!我刚刚才发现这件事,而那些懒猪还到处躺着发呆呢!

让这些猪头去尝尝海水的滋味吧！我就这么说了！所有排水工具都没有了，我们完了！"

大家都四处找那个厨师小伙儿，可是却不见他的踪影，但是他的笑声却飘荡在空气中，原来他就在大家头顶上的桅杆上。

"就是我……我做的，"他笑得浑身颤抖，"我受够你……你们了！米……米曾他教……教他的鹦鹉嘲……嘲笑我，他就是这么做的，大厨总……总是在厨……厨房里打我骂……骂我，现在我受……受够了！他们别……别再想欺……欺负我了！我偷了所有的排水工具，然后都扔……扔下海了，现在你们只好葬……葬身大……大海了！"

他发狂地笑着。快气昏的大厨冲上去想爬上桅杆抓住他，但是现在船忽然猛烈地往后翘，大家都几乎翻了个底儿朝天，看来船的底部已经灌满水了。

阿曼达姑妈大声尖叫着。托比和平齐先生几乎同时跑到她身边，一人一边扶住她。船上乱成一片。大家都忙着七嘴八舌地说话，弗雷迪感觉到托比先生强而有力的胳膊抓住了自己，他心里忽然没有那么害怕了。在混乱之中，大家还是能听见厨师小伙儿狂野的笑声。

米曾先生喊道："大家安静！我们得想想对策！"

一片赞同的声音:"是,是,我们应该做什么?"

米曾先生镇静地说:"我希望,我希望我们能有一条救生艇。"

阿曼达姑妈大喊起来:"你难道是说你航行这么远居然没有带救生艇?"

米曾先生说:"我们没有想到这种情况,我们有大堆的排水工具,我们也没想到会有人把它们全部丢到海里。"

水手们也跟着喊道:"是的!是的!我们都没有想到!"

阿曼达姑妈说:"那么赶紧把救生圈拿出来吧,赶紧啊!"

米曾先生说:"我们没有带,有那么多排水工具还要救生圈干吗?我们没想到会用上那个玩意儿。"

水手们还是一样喊道:"是的!是的!我们都没有想到!"

阿曼达姑妈说:"那现在好好想想吧,你们没看到这艘船沉得越来越厉害了吗?"

实际上就是如此,船沉的速度非常快。船向后翘得很厉害,大家几乎都站不住了,整条船也没法向前航行了,风力简直起不了什么作用。必须有一阵大风才可以把吃水很深的船往前推,现在好像船整个儿陷在泥沼里挣扎一样,动弹不得。

装着木腿的怪老头忽然开口了:"你们……嗯……有没有想过,我们大概……嗯……遇到危险了。"

阿曼达姑妈大喊道:"危险!必须做点儿什么了!我们难道就这么坐以待毙吗?"

米曾先生说:"只有一件事情好做,我也不能确定是否能够起作用,但是总要试试看。伙计们,把房间里的床垫都拿出来,再拿几圈绳子来。快点儿!"

水手们飞快地四散而去。一会儿工夫他们就搬来一堆床垫堆在甲板上。与此同时,阿曼达姑妈的帽子和围巾也被一位水手取来了,阿曼达姑妈有条不紊地戴上帽子,将围巾披在肩上,这样离开时也能不失风度。

男人们则证明他们最拿手的就是玩绳子了,在米曾先生的指挥下,他们把床垫捆在一起,做成了一个床垫救生艇,大概有十五英尺长,四五英尺厚。储藏室里还找到了一些油布,大家把油布又捆在了床垫救生艇周围。

米曾先生说:"不知道管不管用,不过现在也只有这一条路了。现在,小伙子们,把这宝贝儿翻个个儿!"

米曾先生继续说道:"幸好今天风平浪静,这天气没法再好了。我很高兴。"

阿曼达姑妈说:"是啊,你真该高兴,我倒不是很高兴,下一步做什么?"

见多识广的海员说:"把补给品放上去。"水手们七手八脚地往床垫上放桶装淡水,还有肉罐头和饼干,还有些其他乱七八糟的东西。

当事情干得差不多了,米曾先生说:"要是你们愿意,我想你们也该上去了,你们上了这艘救生艇之后,我们会再做一艘我们自己的。你们准备好了吗?"

乘客们一个接一个都上了床垫救生艇。尽管这艘救生艇又膨又弹,但是大家也顾不了这么多了,水手们把救生艇推到栏杆边上。弗雷迪一个飞扑扑了上去,哈伦先生身手灵活得像一只猫,一个箭步踏上,其他人也没遇到大麻烦,只有阿曼达姑妈,她的瘸腿成了大问题。

老狐狸戴好自己的丝绸高礼帽,要上救生艇之前,转身说道:"我觉得这是我的责任,米曾先生,我有责任表示一下我们的愤怒。我抗议,抗议。要是我之前知道会是这样……"

托比说:"真是废话!米曾,推他过来!"接着老狐狸真的就被一把推上了救生艇。

其他人也没有什么抱怨。平齐先生平时总是大惊小怪,现在倒是非常平静。托比先生在他上船时拉了他一把,平齐先生严肃地开口了:

"谢谢,不过呜可没要你的帮忙。"

到了教区委员上来时，救生艇忽然猛地下沉了一些，不过好在没有什么事，怪老头上来之后，探险小组人齐了。大家都紧紧围着教区委员坐着，这样能够保持救生艇的平衡，除非遇上风暴，看来这艘救生艇载着这几位还是绰绰有余。水手们放开了救生艇，开始忙着造另一艘床垫救生艇。救生艇渐渐漂离了帆船。

阿曼达姑妈抱着弗雷迪。不过弗雷迪却觉得自己不太需要她的保护。之前的危险他早已忘到了脑后，而开始的探险兴奋感又回到了他的脑海里。船上的其他水手都陆续乘上了救生艇，漂浮在他们周围，海面还是平静又温暖，在食物和水用完之前应该会有船只经过，然后救起他们。弗雷迪心想大概很少有男孩子能够乘着床垫救生艇在广阔的大海上航行。

在救生艇慢悠悠地漂行时，托比先生说："好吧，弗雷迪，你现在怎么想？地图还在你身上吗？"

"是的，先生，就在我的口袋里。"

"好的！别弄丢了。几天之后我们还是会朝那座岛进发的。顺便问一句，委员，你的圣水还在吗？"

教区委员回答："好好的待在我的口袋里，你呢？你的那个中国烟草瓷罐呢？"

托比喊起来："什么？瓷罐？天哪！我忘了个干净！都怪

我把它留在房间里了！现在真是糟透了，怎么办，我们又不能回去，我们越漂越远！怎么办好呢？"

阿曼达姑妈气喘吁吁地说："好了！你肩膀上难道从来不带着脑袋吗，托比·立特巴克？你什么都记不住吗？我肯定，你就是世界上最白痴，最讨人厌的人……现在，我们应该赶紧让船上的人帮我们取那个罐子啊！"

救生艇上的大伙儿齐声向船上高喊，托比扯着嗓子大喊着："中国烟草罐子！在我房间的柜子里！我把它忘记了！去帮忙取一下！快啊！"

船上传来一个声音回应道："啊！好的，先生！"

救生艇上的人们等得焦头烂额。几分钟像几年那么长，船上忽然传来一阵吵闹声，大伙往船上望去，只见那位厨师小伙儿站在甲板顶上，现在也只有那么一块地方露在水上了，他双手抓着那个中国瓷罐，好像在准备把它扔到救生艇上。

托比喊道："别扔！用绳子拴着漂过来。"

不过太晚了。厨师小伙儿举起瓷罐，挥动手臂，这时他身后一个黑人努力想去抓住他的胳膊，但是太迟了，厨师小伙儿已经把瓷罐冲着救生艇的方向扔了过来。

海面上的月光这时似乎格外明亮。眼看着瓷罐就要落到救生艇上，但是最后还差大概五英尺远，瓷罐重重地落在了海洋里，溅起了一阵水花，中国烟草瓷罐就这么沉入大海了。

救生艇上的众人都沮丧地叹了口气，这件事的严重后果他们还没有完全明白，但之后他们就会了解了。弗雷迪几乎哭出来了，阿曼达姑妈被气得说不出话，其他人却显得无所谓。

阿曼达姑妈喊道："哦！哦！托比！你做的好事，为什么，为什么你什么都记不住呢？这是你的错，你根本不应该把瓷罐的位置告诉那个厨师小伙儿！现在我们完全离开米曾先生了。我们要怎么呼唤他来帮助我们呢？我真希望我们能和米曾先生一直待在一起……"

平齐先生大叫："看那里！保佑我的眼睛没有看错吧！看那艘船！"

就在瓷罐沉入大海深处的时刻，"筛子号"正经历着奇异的变化。在月光下，帆船显得苍白和单薄，船上绿色的窗户一个接一个地消失在海洋里，暗色的船体也好像轻薄了很多，目击者们几乎可以看到星光在船体上的反光。整艘船好像消失在薄雾之中一样，它并没有沉没，船首还在海面上，那些桅杆和栏杆也还可以看得见，只是渐渐从船所在的地方消失。

当一切变得越来越模糊，马默杜克的声音从远处传来，随着船体的景象越来越昏暗不清，它的声音也越来越微弱，直到最后完全消失在空气之中。

"干……干杯！为肝……肝脏和洋葱干……干杯……"

随着马默杜克的声音逐渐远去，整艘船也像幽灵一般消失了。

坐在床垫救生艇上的探险者们面对着广阔的海洋，目光所及，看不到一条船的影子，原来帆船的所在之处只剩下大海的波涛。他们挤在教区委员身边坐着，惊魂未定得说不出一个字。

月光静静地照在老狐狸那顶丝绸高礼帽上。

床垫的漂流

阿曼达姑妈又开始念叨了:"我要是带点儿针线活在手边就好了。借着月光,坐在床垫上漂在大海中间,我不觉得自己能做得很好,但是我相信要是我手边有些针线活,这种事情就不会发生在我身上了。"

平齐先生说:"呜看不到则里面有什么联系……"

托比说道:"看这儿,要是我们不坐在床垫中间,那么它就会一直歪着。委员啊,你怎么不坐到中间来?"

教区委员说:"我就坐在中间啊!我在想教会里的人看到这场面会怎么说……"

老狐狸继续发表他的不满:"我希望你们明白我的意

思,我在抗议。要是我之前想到会是这个样子……"

阿曼达姑妈发话了:"现在听我说,探险队得有个头儿,但是这里都是一群没用的男人。我觉得我该当这个头儿,大家要同意的话就说一声。就这么定了,我是头儿,委员啊,往右边坐一点儿。"

教区委员连声说:"啊!好,好的,女士,当然,遵命。"

"现在大家都靠近委员坐着,好了,现在床垫平衡没有?"

教区委员一个劲儿点头:"啊!是,是的,我感觉是的,女士。"

"现在我说的话就是命令了,大家坐着静观其变吧!"

一切照旧。弗雷迪感到有点儿困了,把头倚在阿曼达姑妈的肩膀上,渐渐睡着了。与此同时,海面上忽然跳出一个细长的黑乎乎的玩意儿,在空中旋转了几圈又落回了水中。

平齐先生说道:"保佑呜的眼睛,则是一条灰(飞)鱼啊!"

弗雷迪一下子惊醒了:"真的?它真的能飞吗?"

老狐狸说道:"大自然真是太神奇了!我真是大开眼界!小朋友,我相信你也会获益匪浅的。这非常具有教育意义,真的。"

装着木腿的怪老头说道:"啊!你觉得那是……嗯……啊!请你们原谅我……那些在海面一闪一闪的小东西是什么?"

平齐先生说道:"则是一群沙丁鱼,呜很了解它们。当呜青春年少时……"

弗雷迪说:"大概有几百万条呢!快看啊!"

成千上万条小鱼在海面跳跃着,在月光的照耀下,就好像一条光带在流动一般。

平齐先生又发话了:"呜觉得应该有条大鱼在追它们。"

托比说:"也许是一群大鱼呢,啊!那边就来了一条!"

他说话的同时,一条黑色的鱼鳍像刀锋一样切开了海面,紧紧追着那群沙丁鱼。从鱼鳍的尺寸看来,肯定是条非常大的鱼,顺着鱼鳍往前看,就能看到一排又长又锋牙的牙齿,大得能嚼碎一长条厚木板。

弗雷迪喊道:"那里还有一条!"

阿曼达姑妈惊叫道:"那里!还有那边一条!"

大概出现了五六条这种超级大鱼。

托比说:"我希望它们别靠近我们这艘船,只要有一条攻击我们就可以把我们掀个底儿朝天了。"

阿曼达姑妈说:"发发慈悲!别说这么可怕的事情。"

这时候一个巨大的黑色鱼背忽然出现在海面上,大概有几百码那么长,从水里抬出一个庞大的鱼头,从背上喷出一阵水汽。

大家异口同声喊道:"鲸鱼!"

阿曼达姑妈说道:"哦!它是冲着这儿来的吗?"

刚才的五六只黑色鱼鳍瞬间就消失了。鲸鱼甩起它那巨大的尾巴,重新把头潜入海中。几乎是同时,刚才看见的那排雪白的利齿忽然出现在救生艇的旁边。

阿曼达姑妈哭喊着:"发发慈悲吧!它冲着我们来了!天哪!"

实际上就是如此,那条大鱼直冲了过来。弗雷迪紧紧抓着阿曼达姑妈的胳膊。鱼鳍飞快地切开海面,它几次潜入海底,但是每次重新露出时都离救生艇近了很多。

阿曼达姑妈喊道:"它越来越近了!抓紧我,弗雷迪!"

大鱼飞撞过来,它的背部猛撞救生艇底。这一下撞得可够厉害,几乎把大家都撞上天了,但是救生艇颠簸了这一下之后,一切又重归平静了。

托比说道:"它走了。"

平齐先生说:"不,怀(还)没有,看看那尾巴!"

救生艇边上果然露出一条大尾巴,刚好露在水面上。

它狠狠地拍打了水面好一会儿,水波过了一会儿终于平息下去,然而那条大尾巴还是杵在那儿。

托比说:"它还真厉害。它的鱼鳍插到床垫里了!现在大鱼在背着我们游呢!"

阿曼达姑妈念叨着:"上帝保佑啊!"

弗雷迪问道:"真的吗?"

教区委员说:"我经过深思熟虑之后,觉得托比说得对。"

平齐先生也说:"呜觉得也是!呜以前可从来没有骑过鱼啊!现在呜们又会碰见啥事呢?"

弗雷迪大喊:"我们在动啊!"

阿曼达姑妈也在说:"真的!"

托比说道:"我们不在动才奇怪呢!"

果然,床垫真的在慢慢移动着,非常非常慢,而且是朝着大鱼的尾巴相反的方向移动,鱼尾巴在水里若隐若现,前后摆动着激起一阵阵浪花。

托比说道:"要是我猜得不错,那条水下的大鱼正扛着我们一直在游呢。我以前看过蜗牛背着自己的壳慢慢地爬,但是现在这条背着床垫的鱼我还是第一次见。"

阿曼达姑妈发话了:"我才是船长,我的命令就是大家原地坐着,看看这条鱼会把我们带到哪儿。"

床垫的漂流

教区委员唯唯诺诺："啊！啊，好的，先生，我的意思是，啊，好的，女士。"

床垫上的探险队就这么静静地坐着，大气也不敢出。他们的小马儿还在水下慢慢地游着。大家心里都希望那条鱼儿能自己游开，但是很明显它的鱼鳍在床垫上插得太深了，所以只好一路背着这么个大家伙游着。

几个小时过去了，他们还是没有盼来鱼背上的旅程结束，大家换了些舒服的姿势靠在一起，几乎都在沉默不语。没有人注意到他们的床垫正在慢慢沉入水中了。

空气还是很温暖，月光静静地洒在海面上，床垫走得没精打采。弗雷迪靠在阿曼达姑妈的肩膀上，渐渐合上了眼睛。阿曼达姑妈打着瞌睡，也睡着了。托比倚在老狐狸身上，眼睛也闭上了——大家的眼睛都闭上了，每个人都靠在身边人的身上休息，最后大伙儿蜷缩在一块儿，全都睡着了。

床垫慢慢地在水中移动着，海面上闪耀着动人的月光，床垫下沉得越来越深了，大海上一片寂静，除了教区委员鼻子里一点儿小小的鼾声。

黑暗深处

早上弗雷迪第一个醒过来。他身上又酸又痛,于是他一下子坐直身子,用力擦了擦眼睛,伸了个懒腰。弗雷迪望望四周,一下子激动得抓紧了阿曼达姑妈的胳膊。

他大喊道:"陆地!"大伙儿都被他惊醒了。

托比嘟哝着:"要是出错,那真是罪孽了。"说着他一把戴上自己的白色礼帽,考虑自己该怎么为这个重大日子打扮。

其他人也都坐直了,迎着清晨的阳光,望向这片蔚蓝的大海。

大约四分之一英里之外,高耸着黑色的峭壁,而且看起来延展数英里之长,所以这大概是个小岛。大海的波涛不断地冲刷着峭壁的底部,激起一阵阵漂亮的浪花。

阿曼达姑妈说道:"不过我们要怎么登上岛呢?"

弗雷迪说:"我们正在向它移过去呢!"

托比说:"的确,很快我们就知道我们能不能上去了。"

他们移动得很慢,过了好久,他们才完全靠近小岛,大家沿着峭壁漂了足足两三百码,此时他们才明白自己如何才能登陆。看起来这峭壁非常危险,海浪不停地冲击着下面的岩石,激起一阵阵白色的浪花,大概这要算世界上最难登陆的地方了。

一阵大浪把大家推得更加靠近礁石了。

平齐先生大喊:"听我说!那里有个孔(拱)门!"

托比说:"一个什么?"

阿曼达姑妈解释道:"看!那里的岩石形成了一个拱门,看见没有,就在那里!"

的确如此。那里真的有一条拱道,就像山洞口一样,海浪的推动使得床垫直接穿过礁石,直奔向那条拱道。

弗雷迪叫道:"太棒了!我们正冲着那里去!"

好像大鱼自己也调整了一下航线,大家发现自己正顺着海水一起涌向那条拱道。这股海潮把大家一直带到了入口处，牢牢地抓着这艘床垫救生艇，推着它一起流动。

现在大家被冲到了一个山洞里，又窄又高，洞里一片黑暗。海潮还在推着他们继续前行。海浪冲击岩石发出的怒吼终于停止了。光线也越来越暗淡，最后完全消失了，好像床垫转了个弯，一下子洞里变得伸手不见五指，大家都没法看清自己身边的人了。

托比说道："我想要是船上有火柴或是蜡烛就好了，我来找找看。"

他开始东摸西摸，很显然他离开原先的位置了，整个救生艇开始有些倾斜。最后托比喊道："啊！"一根火柴噼啪一声被擦亮，不过又很快被风吹灭了。但是这毕竟带来了一丝光亮，托比这时点着了一根蜡烛，用手小心翼翼地护着不让它被风吹灭。

托比说："在饼干罐头里找到的。"

他高举着那支蜡烛，让光线可以照亮前面的路。

现在大家处在一个很窄的水道中。两旁都是岩石壁，离救生艇不过十英尺远，大家都看不清黑暗中的石壁到底有多高。救生艇载着大家顺着这条水道漂流。托比把蜡烛举得更高了，大家都努力往前看，但是只能看清楚前面几码的地方。

老狐狸说道："我希望大家明白，我在抗议……"

阿曼达姑妈说:"管你呢!我的命令还是,什么也别说,静观其变。"

救生艇向右拐了一个弯,静静地滑行了好远,大概有一英里多。接着救生艇又转向左边,漂了还没到十分钟,托比就大喊道:"啊!那是什么?"大伙儿都竖起了耳朵,只听见水流中传来一个微弱的声音。

装着木腿的怪老头开口了:"嗯……请原谅,你们认为,现在大概遇到……嗯……一点儿危险了吗?"

阿曼达姑妈说:"我不觉得这里很安全。"

弗雷迪插嘴道:"我想我们的救生艇好像越来越低了。"

托比说:"是啊!水就快淹没救生艇了,要是我们不赶紧想办法上岸,那大伙儿可要到水里去坐着了。"

尽管在水里越沉越深,但是救生艇这时候居然开始加速了,因为水流变得越来越快,风也越来越大,这样一来,在狭窄的水道里穿行就变得更加危险了,托比努力护着蜡烛,还是无济于事,烛光摇晃了几下,最后还是熄灭了,大伙儿不约而同地叹了口气。

阿曼达姑妈说道:"我能听见哗啦哗啦的声音。"

平齐先生说:"则(这)很像是一个瀑布。"

老狐狸又在唠叨:"我希望大家明白,清楚地明白,我在抗议！要是我想过会是这个样子……"

阿曼达姑妈叫起来："哦——哦——哦！我们走得越来越快了！"

她用双臂护着弗雷迪，牢牢地抓着他。水流变得越来越急，床垫在水流的推动下，速度快得吓人。波涛咆哮的声音越来越大，越来越清楚了。

阿曼达姑妈喊道："抓紧，弗雷迪！"

托比也叫道："我猜，下一刻我们大概就完了，抓紧啊！"

救生艇飞快地向前漂流，大片飞溅的水花落在大家的头上，救生艇好像高高跃了起来，然后又沉了下去，这是一个大瀑布，水流的轰鸣声都是在这里发出的。阿曼达姑妈大声尖叫，但大家都听不见她的声音。救生艇忽然在半道儿停住了，它头朝下，几乎是垂直地下落，船上的大伙儿，还有船下的那条大鱼，都随着瀑布直直地向下落去。往下，往下，再往下，他们一起坠入了无边的黑暗之中，好像永远也看不见底一样。

过了一会儿，阿曼达姑妈和弗雷迪（她还牢牢地抓着他）两个人站在一个两英尺深的水池里了。逐渐他们身后有一个个人影跳了出来，探险队成员们又集合在一起了，大伙儿一起站在这个小水池里面。

老狐狸的声音传了过来:"我害怕,我的帽子丢了。"

这个时候大家发现他们身处在一个宽敞的空间里面,周围的石壁都可以摸得到。他们看不到瀑布的顶部,但是瀑布下面的风光现在就在他们眼底了。顺着瀑布的方向,他们看到太阳已经升起来了,照耀在瀑布上面,闪烁出五颜六色的光芒。现在那个瀑布看起来简直就像一条彩缎。

阿曼达姑妈说道:"好了,我差点儿被淹死,你们看我的衣服就知道了。不过我还是探险队的头儿,我的命令是,我们赶紧上岸吧。"

他们走了好远才离开水潭,上了陆地,左手边就是高高的石壁,阿曼达姑妈的手杖弄丢了,现在只好靠托比先生和平齐先生扶着她走。

托比大喊道:"要是我的帽子没丢该有多好,那真是顶好帽子,我一定要为它说句公道话。"

大伙儿沿着水边一路走下去,终于来到了水潭的尽头,那里漂浮着床垫的一些残骸,那条大鱼的尾巴还扎在床垫上面。

老狐狸说道:"我担心那条忠实的生灵大概已经弃世而去了。"

托比说:"它死得干干净净啦。"

阿曼达姑妈说:"可怜的东西,不管怎么样,我命令大家在这个山洞中进行彻底的勘察,看看能不能找到什么东西。"

水流从这个洞窟的尽头顺着石壁流了出去,这也解释了为什么洞里水潭的水会那么浅。大伙儿谈了一会儿,然后又走到洞窟的另一头去了。托比把阿曼达姑妈留给平齐先生一个人照顾,自己溜达去了,忽然他大喊了一声,他的喊声吓坏了大伙儿。

托比喊道:"这是什么?看!"

他弯腰注视着什么东西,其他人也聚了过来,那里有一堆小方盒子,挨着石壁放了几排。

哈伦先生拿起了一个小盒子摇了摇,里面传出叮叮当当的声音。

老狐狸说道:"啊哈!这美妙的音乐啊!亲爱的朋友啊,这是财富的乐声啊!"

阿曼达姑妈喊道:"上帝保佑!真的?"

教区委员说:"我的意见是,那个盒子里装了黄金。"

阿曼达姑妈大喊:"那打开看看啊!"

哈伦先生摇了摇头,那个盒子被锁得紧紧的,周围还包着铁皮,所有的盒子也都是这个样子。

托比说:"到这里来,这儿还有些东西。"

石壁旁边还靠着一排大麻袋,被结实的绳子捆着,哈伦先生三下五除二就打开了一个,他拎起一个麻袋将它翻过来,把里面装的东西倒在地上。大伙儿都看傻了眼。

麻袋里装的都是珍珠项链,钻石、红宝石、翡翠等材质的各种各样的戒指,金手镯和金链子,还有银制叉子和汤勺,黄金制成的牙签、杯子,银制的花瓶,还有很多诸如此类的金银珠宝。

大伙儿沉默了好一会儿。教区委员先开了口:"我认为这是海盗的宝藏。"

阿曼达姑妈叫起来:"上帝保佑!他们可能随时回来逮着我们啊!"

哈伦先生把其他麻袋也都打开了,每个麻袋里都装满了金银珠宝。

弗雷迪战战兢兢地说:"你们认为这真是海盗的宝藏吗?"

托比的声音比以往低了很多:"毫无疑问!看看这个!"

他指着墙角上的一张布告。光线太暗,大家几乎看不清上面的字,不过好在写这份海报的人把字写得很大,托比终于看清楚了,他大声读出来:

"小心点儿!把手挪开!谁要敢碰这些财宝,他就会死无葬身之地!林格船长在此,会用刀子割开他的喉咙。以永生的詹姆斯王和快活罗杰的名义！"

托比说道："布告后面还插着一个人的颅骨，海盗，千真万确。"

阿曼达姑妈说："我们最好赶紧离开这儿。"

托比提醒她："最好别太大声说话，我们怎么……"

装着木腿的怪老头忽然惊恐地小声说："嘘！请原谅……嗯……我刚才看见瀑布上面有些什么。那到底是什么？"

托比低声说："大伙儿赶紧贴着墙站，千万别开口啊！"

于是大家贴着墙角挤成一团，躲在财宝堆边上，往瀑布上看过去。

一个黑乎乎的东西从水潭里渐渐冒出来了，与此同时，水下又逐渐出现了一个新的黑乎乎的东西，就这样一个挨着一个，最后出来了五六个这种玩意儿，它们都并排立在水潭里。

总共有七个黑乎乎的玩意儿。它们慢慢向岸边移动，每个都有两条腿，而且从头到脚都好像套在一个松松的袋子里面，它们走起来就好像是一群熊。现在它们已经站到了岸上，其中一个把套在身上的袋子摘了下来，其他袋子好像很敬重它似的帮着它脱掉袋子。

首先露出来的是他头上的头巾,然后是他的脸颊、脖子。墙角的偷窥者们看到他的头部时,吓得都不敢喘气了,阿曼达姑妈死死捏住弗雷迪的手臂。他的头上围着一块大大的头巾,耳朵上戴着超级夸张的耳环,嘴里还叼着一把闪闪发光的长刀。

阿曼达姑妈好像又要尖叫了,托比赶紧捂住了她的嘴。

那个戴着大耳环的人从袋子里钻出来时,大伙儿终于看清楚他是一个矮小结实的男人,带着一副凶神恶煞似的表情。他的腰带一边别着一把弯刀,另一边则是一把手枪。他没有穿外套,衬衣在胸前敞开着,手臂上的肌肉鼓鼓的,穿着到膝的马裤,他的腿弯得像弓一样,小腿显得粗壮有力。

最后当他摘去面罩时,除了脸上和手上还沾着几滴水,他从头到脚都散发出一股冷酷的气息,其他人也陆续脱掉了身上的伪装,这个人一手取下了嘴里咬着的长刀,一手擦了擦脸上的水珠。接着他一边把长刀在自己的腰带上擦来擦去,一边不停地甩掉手上的水滴,接着又从裤子口袋里掏出一块大白手帕,擦拭着自己的脸和手。擦拭完毕之后,他最后仔细检查了一下自己的手指甲,挨个儿用手帕小心翼翼地把自己的手指甲擦干净,同时嘴里还念念有词,好像在念着什么可怕的咒语,正冲着那忙着脱掉伪装的另外六个人。

当那些人脱掉袋子，每个人的行头几乎一模一样，而且都佩着同样的腰带和手枪，不过他们的装束和第一个比就显得粗俗了很多，而且也都没有耳环，只是在腰带上佩着皮革的带子。

"阿嚏！"忽然墙角处传出了一声好像枪声一般的喷嚏。

老狐狸大声说道："亲爱的朋友们，我想我大概是感冒了。"

听到那声喷嚏，那七个人一下子跳了起来，好像真的有人在用枪射他们一样。他们右手抽出弯刀，左手举起手枪，面向着喷嚏声传来的方向严阵以待。

托比小声说："多亏了你的感冒，这下子我们完了。"

那七位全副武装的家伙由那位戴着耳环的人打头，蹑手蹑脚地走了过来。

当他们逼近墙角处的探险队时，阿曼达姑妈忽然倒在了托比脚边——探险队队长晕倒了。

林格船长和脑袋戏法

那个戴耳环的人用一种尖厉的语调,低声吩咐了他的六个手下几句。他们在离他有一段距离的地方散开,悄无声息地散去。躲在墙角的探险队员们吓得屏住了呼吸。在一片寂静中,那七个人越来越近了。他们走到了墙角处缩成一团的探险队员们身边,用手枪瞄准了他们,手中的长刀也举了起来,等待着他们的头儿下达攻击的命令。

这时那个戴着耳环的男人仔细看着躺在地上的阿曼达姑妈,他弯下腰细细端详着她,然后站起身来。接着他冷酷的目光又一一扫过探险队的其他人,用低沉的声音开口了。他说话有些文绉绉的,根本不像是一个海盗。

"仪式大概要因为这种事情延迟了。我建议你们应该保持完全的安静，任何的轻举妄动都会酿成致命的后果。这句话应该足够了。我感觉到这位女士状况不好。真是件悲惨的事情，的确如此。我很抱歉我们不知道这里还有一位女士，要是预先知情的话，我们的举止应该更加妥帖一些才是。我请求你们的原谅。没人曾经指责过林格船长举止粗鲁。克奇，把刀收起来，赶紧去水潭那里用手帕沾点儿水来。手脚麻利点儿啊！你这个脑子一团糨糊的小厨师！快点儿！"

那个叫做克奇的男人好像被针扎了一样跳起来，从林格船长手里接过一块大白亚麻布手帕，一路飞奔到水边浸湿了手帕，然后又飞快地赶回来。

与此同时，墙角的那群俘虏们得以好好打量一下逮住他们的那位船长。他们对那块质量上佳的手帕大感吃惊，更让他们吃惊的还有船长洁白整洁的衬衣领子。他的马裤是蓝色天鹅绒的衣料，腰带和头巾都是细滑的丝绸。他的袜子也是丝质的，裤子和靴子上的带扣被擦得一尘不染，从光泽看来，不是钻石就是银制的。他每只手上都戴着三四个钻石戒指，在黑暗的洞窟中闪闪发光。他的脸庞坚毅而透出残忍，但是一道从右边脸颊一直蔓延到胸口的疤痕又给他增添了几分抑郁之气。他看着那位晕倒的女士微笑起来，那道疤痕却让他显得格外的邪恶和凶狠。

他从克奇手上拿过湿手帕，然后蹲在阿曼达姑妈身边，用手帕轻轻地擦拭她的脸颊和手腕，轻拍她的脸，并且用手帕给她的太阳穴上拂上点儿水，还让她头朝下躺着。当他照顾了阿曼达姑妈好一会儿之后，她终于睁开了眼睛，第一眼看见的就是一个头上包着头巾，耳朵上戴着大大的耳环，脸上带着怪异微笑的男人，阿曼达姑妈突然大喊起来：

"托比在哪儿？我在哪儿？你是谁？"

"我是林格船长，女士，听候你的吩咐。"

阿曼达姑妈说："让我站起来。"接着她真的挣扎着站了起来，把林格船长伸过来要扶她的手推到一边，然后面对着他，头上的帽子歪到一边，几乎要掉下来了。"你是谁？"阿曼达姑妈又问了一遍。

林格船长还是带着那怪异的微笑说道："我是你卑微的仆人，林格船长，女士。我是大海上的绅士，一个探险家。你们发现的这些宝藏的主人。让西班牙海域上的船只闻风丧胆的人，詹姆斯王忠实的手下。现在我听候你的吩咐。"然后他向阿曼达姑妈非常优雅地行了个礼。

托比凑到弗雷迪耳边说："看他说话的这个架势，坏不到哪里去。别害怕。我们能和这个海盗相安无事。到底谁是詹姆斯王？"

听了这位海盗风度翩翩的自述，阿曼达姑妈好像也安心多了。

她说道："既然你是我的仆人，要是你能赶紧把我们弄出这个洞，那我们就感激不尽了。其实我们的本意不是想到这个地方来，我们想要赶快离开。"

林格船长对他的手下们笑了笑："他们想要赶紧离开，小伙子们。"那群手下也都大笑起来。

阿曼达姑妈说道："我看不出有什么好笑的，要是我们还留在这里的话，也许我们会死于致命的感冒。"

林格船长笑得更开心了："哈哈哈！他们致命的感冒！那可真是好东西，不过太慢了，小伙子们，是吧？"其他人也随着他大笑起来，整个山洞里都回荡着他们的笑声。

阿曼达姑妈说道："你为什么说太慢了？"

林格船长正色道："女士，我们有一点儿赶时间。我们大概等不到你们死于感冒了。"

阿曼达姑妈吓得声音都变了："什么？你的意思是……"

那位海盗严肃地说："女士，我还是把话挑明了吧。我们的宝藏是靠我们辛辛苦苦挣回来的。我们实在受不了失去它的痛苦。这个小岛上的人，还有小岛外的很多人，处心积虑好多年想找到这笔宝藏。你们不仅仅找到了我们的宝藏,还不顾墙上的警告,打开了我们的口袋。现在你们自己扪心自问一下,女士们和先生们,要是你们还活着——啊哈,那会有什么样的后果?"

阿曼达姑妈气喘吁吁地说:"哦!啊哈——还活着!"

"我们的劳动果实都会毁于一旦,我们的人身安全也都没有保障了。当然了,你们对此倒也无所谓。要是立刻就送你们一起上西天,就会把这地方搞得乌七八糟了,我可是很爱整洁的人。但是为什么你们这么多人一起找到了这儿?要是两个两个地来,倒是会省了很多麻烦。"

平齐先生说道:"哦!要死(是)呜(我)们老老实实待在家里就好了!"

"不过,我也不希望你们对此期望过高,我的小伙子们可是很吃苦耐劳的,不过我还是要坦诚,这次洞里面的血大概会比以前任何一次都要多很多,我希望你们都能走到那边的空地上,希望这个要求不是很麻烦你们。"

托比说:"我们根本不在乎你怎么想,我们只在乎我们自己。"

林格船长失望地说道:"哦,请原谅,我不理解,我们现在都准备好了这个小小的典礼。要是这里有些小小的珠宝或者诸如此类的东西,我倒也乐意……"

托比喊道:"但是这里还有孩子,还有女人!你不会……

你不能……"

　　林格船长说道："我对女士从不举止粗鲁。相信你刚才也看到我是怎么款待这位女士的。我自问没有做出什么无礼的行为。只要很快的一下，一切就结束了。毫无暴力和粗暴可言，也不会有什么不妥的言辞冒犯诸位敏感的耳朵。只要简简单单的一下子就可以了。我来告知各位，我手下可有一位精通此道的专家：我们的朋友克奇，就是那位彬彬有礼地去为那位女士弄湿手帕的小伙子。我保证大家是三生有幸才有机会落到这样一位专家手里，只要一刀，他就会把你送上极乐世界，我向大家担保。长刀一挥，干干净净，别人用大斧也做不出这种效果。很多人就是因为死在克奇手下而出名。我记得有这么一位——然而，"他低头沉思了片刻，好像在自言自语一样，"在这里埋葬各位也不是一件易事，光线更成问题。我想，是的，我想我们最好还是出去完成这件事。女士，现在你湿透了，我希望一会儿的事情不会给你造成太多不便。小伙子们，穿起你们的衣服，帮帮我们的朋友。快点儿！"

　　那六个手下立刻套上了他们的橡胶外套，与此同时，托比一手牵着弗雷迪，一手扶着阿曼达姑妈。阿曼达姑妈把自己的头靠在了托比的肩膀上，但很快又抬了起来，把身子站得笔直，开口说道："很好，要是非得这样的话。你们都能看到这个坏人嗜血的嘴脸了,但是我可不会摇尾乞怜。我也是你们的船长,我命令大家抬起头来,等待命运的降临。"

教区委员说:"啊!是啊!女士。"

装着木腿的怪老头说道:"你们知道吗,我觉得我们这次遇到……嗯……很大的危险了。"

弗雷迪紧紧拉着托比的手。托比低声说道:"尽可能地靠近我,也许最后还有一线希望,别放弃。"

弗雷迪吓得直发抖,手冷得像冰一样,但是他什么都没有说。其他人表现得很勇敢,他也决定自己不要落在别人后面。但是弗雷迪想起了自己的爸爸妈妈,想到要是他们死了,自己会是什么样子——然而他制止自己再想下去,他紧紧地咬着嘴唇,命令自己要勇敢一点儿。

那六位海盗套好他们的袋子回来了,看上去真像是六只熊,他们还把林格船长的外套带来了,帮着他穿了起来。接着他就和那六个人一模一样了,只是手和脸的样子略有不同,他开口道:

"现在,女士,我扶你去瀑布那里吧。"

托比很快地说:"我们自己搞定。来吧,平齐先生。"

阿曼达姑妈的手杖弄丢了,她现在走路比以前困难了很多,但是托比和平齐先生稳稳地扶着她,让她可以跟得上大家。大家最后到了瀑布下面,被飞溅的水花激得浑身发抖,除了那些海盗,大伙儿脸上都露出了恐惧的表情。但是现在也无济于事了,七个海盗围在他们身边,让他们站到瀑布下面去。大伙儿在瀑布下面的水潭中站成了一排。

林格船长说:"现在,女士,我来帮着你下去。"

托比和平齐先生忽然感到那个海盗也许做这件事比他们俩在行,于是默默地把阿曼达姑妈交给了他,好像没有考虑到那个魔头也许会直接在水潭里把阿曼达姑妈溺死。林格船长先把阿曼达姑妈的脚放下水,然后让她站稳,接着用力一拉,他就和阿曼达姑妈一起消失在瀑布下面了。

弗雷迪听到一个低沉的声音:"下一个是你了。"专家克奇抓住他,然后和他一起消失在瀑布中。

接下来大伙儿一个接一个地被海盗抓着潜入水中,一个接一个地消失了。装着木腿的怪老头是最后一个,专门有一个海盗回来再把他从水里拉过去。当怪老头也下了水,那个石室又变得和原来一样空旷而阴冷,只留下瀑布的水声在里面不断地回荡着。

现在瀑布外面的景象就截然不同了。海盗和他们的俘虏们站在炎炎烈日的下面,眼前是一片壮丽的景色。他们身后矗立着一座满是树木的山丘,他们就是刚刚从山上的山洞里出来的,穿过山洞就是那条壮观的瀑布。弗雷迪纳闷大家第一次怎么有勇气穿过那条瀑布,进入那个无比黑暗的山洞的。太阳火辣辣的,一会儿大家湿透了的衣服被晒得快干了。海盗们纷纷脱下了他们的橡胶外套。

接着大家就被押进了一个山谷之中,在树木间穿行。在他们左边,一座黑色的峭壁高高地矗立着,挡住了波涛汹涌的大海。

右边则是一片一望无际的森林,一片绿色的海洋,一直蔓延到天际。片刻之后,海盗和他们的俘虏们都站在了一个小高地上,那里满地都是灌木丛和石块,还有一些枝叶茂盛的大树可以遮挡阳光。有几株倒下的树木躺在高地的斜坡上。

林格船长脱下了他的橡胶外套,把他那块白手帕铺在一块石头上晾干,接着捻着自己潮湿而修长的手指,慢条斯理地修理自己的指甲,然后在他的袖子上将它们擦干净。

他终于开口了:"我们现在一切就绪了,克奇,刀。"

克奇拔出他的长刀,然后恭恭敬敬地交到船长手上。刀锋在阳光下闪闪发光,令人感到不寒而栗。林格船长用大拇指摩挲着刀锋,然后心满意足地点点头。

他说道:"可以了,一刀一个,这把刀绰绰有余。现在我们开始吧。"

克奇接过刀,举得高高的,在空中挥舞了几下,好像在试试力道。接着克奇卷起了袖子,他是这群人里块头最大的，拥有一双铁匠的胳膊。

平齐先生大喊："请等一下，林格船长！你是一个恩（英）格兰人对吗？"

林格船长敞着自己的衬衣，回答："我是一个英格兰人，詹姆斯王万岁！"

"呜（我）也是个恩（英）格兰人。"平齐先生也学着他的样子敞开自己的衬衣，"你不能谋杀一个同胞，你可以则（这）么做吗？你不能则（这）么做，你自己也知道。我们都是女王的子民，我们都是。维多利亚女王万岁！"

林格船长说道："谁？"

平齐先生又喊道："维多利亚女王！要是你杀了我们，她绝对不会原谅……"

林格船长平静地说道："从没听说过，我是詹姆斯王的忠实子民，愿所有的天使守护着他。"

平齐先生叫着："詹姆斯教士？怎么可能，他是两百年前的人了！他和哥伦布一样，早就死了！"

"死了？詹姆斯王死了？你说真的吗？他居然说我们尊贵的国王死了！啊哈！你这个英格兰的叛徒，你居然诅咒国王的死亡！滔天大罪！你的罪恶只有用死来洗清！你这个叛徒，你不知道诅咒国王死亡是死罪一条吗？"

"但是他真的死了，一个人活不了两百年，你知道的。"

林格船长的声音忽然提高了:"你给我听着!你居然诅咒国王死亡!任何王国的律令都会判你死罪!这就是法律!说得够多了。林格船长从来不会坐视别人触犯法律!现在,我可怜的英格兰人,你应该死两次。你会希望自己从来没有出生到这个世界上。你被留到最后一个去死了。啊!小伙子们,在伺候他之前,我们应该做足热身运动了,是吧?开始吧,克奇,你准备好了吗?"

刽子手回答:"啊,准备好了。"

船长扫视了一遍瑟瑟发抖的大伙儿。"凡事都有第一个。谁想先来?我看看。"他的目光在大伙儿脸上挨个儿停留了一会儿。"稍等片刻,我们让老天来决定。"

他拔了七根草,然后把它们掐得长短不一。接着把那几根草都握在手里,仅仅把尾巴露出来,然后开口说道:"现在选一根。抽到最长那根的人先上天堂。"

大伙儿每人抽了一根,平齐先生不用抽,他预定了最后一个位子。林格船长对他说:"你应该在战栗中度过最后的时光,胆敢诅咒国王的人!"

弗雷迪也浑身发抖,但是他没有抽中最长的那根,哈伦先生抽中了,弗雷迪第二个,托比先生第三,教区委员第四,老狐狸第五,最后是阿曼达姑妈和怪老头。

"就用这些倒下的圆木。"林格船长说道,他神色严肃,身上的那股彬彬有礼的气质早就被平齐先生的冒犯冲散了。

在大伙儿向圆木走去时,阿曼达姑妈说道:"托比,我希望你能原谅我,原谅我对你说过那么多无礼的话。"

托比轻轻地抽了一下鼻子:"哦!没关系的,阿曼达姑妈,我自己也是有点儿欠骂,我知道。不知道以后店子会变成什么样?"

阿曼达姑妈接着说:"可怜的弗雷迪!看到他这么勇敢,我的心都碎了。他还太小……还有他可怜的母亲!天哪!天哪!"

林格船长发话了:"现在你们可以坐下了,等轮到时再起来。"

托比扶阿曼达姑妈坐下了。弗雷迪坐在她身边,把脸贴在她的肩头。其他人也都坐在了草堆上,除了哈伦先生,他知道自己大限将至,于是慢慢走到刽子手克奇面前,克奇正在用手摩挲着长刀的刀锋。

一个海盗从口袋里掏出一段结实的绳子,然后把哈伦先生双臂反绑起来。林格船长做了个手势,那个海盗就把哈伦先生带到圆木旁边,然后让他跪下,把脑袋搁在圆木上,这样从后面看哈伦先生的脖子可以看得很清楚。

可怕的时刻就要降临了。

克奇稳稳地站到哈伦先生身后,卷起自己的袖子,高高举起了长刀。

阿曼达姑妈尖叫起来,这让克奇迟疑了片刻,接着阿曼达姑妈和弗雷迪都闭上了眼睛,最后出现在他们眼中的景象就是,长刀一闪,像闪电一样击向哈伦先生的脖子。

一刀就够了,哈伦先生的脑袋滚到了地上。

林格船长平静地说:"干得好,克奇,我怀疑西班牙大陆上是不是有别人能干得比你更好。"

克奇被这些赞美夸得满脸放红光。他害羞地旋转着那把满是鲜血的长刀。海盗们转向了还坐在地上的俘虏们,林格船长一声令下:"下一个!"

弗雷迪站了起来。他的膝盖开始发软,心跳快得自己完全无法呼吸。阿曼达姑妈紧紧抓着他的胳膊,痛苦地喊道:"不,不,不!"

大伙儿都注视着这个小男孩儿,这时他正站在自己的命运面前。他的死期到了,他的朋友们希望看到他从容地面对死亡,尽管他的面色苍白,但是他的勇气并没有流逝。弗雷迪朝大家投去临别的一瞥,大家也回以悲伤的目光。

弗雷迪接着望向远方,最后看一眼这个自己即将离去的世界。离开是一件艰难的事情,他需要全部的勇气——

忽然弗雷迪惊叫了一声,大家都被他吓了一跳。"看啊!"弗雷迪叫道,颤抖地指向一个方向。

大家往那个方向看去,他们看见了哈伦先生。

在刚才哈伦先生被砍头的圆木旁边,哈伦先生若无其事地站着,双手还被绑在身后,脑袋好好地待在肩膀上。他微笑着向大家鞠了一躬,大伙儿都惊得合不上嘴巴了,哈伦先生高高跳起来,落地前漂亮地击了一下脚掌。

"哈哈哈!"托比好像置身事外一样开心地大笑。"弗雷迪,我们以前看过这个小把戏的。"

弗雷迪点了点头。他记起第一次在高特剧院看到哈伦先生的砍头表演,他奇怪为什么自己原来一直没有记起来。

林格船长好像很生气。他的脸逐渐涨成紫色,显得脸上的那道疤痕惨白惨白的。他抽出自己的匕首,同时瞪着克奇,克奇正纳闷地挠着脑袋。船长并没有抬高自己的声调,但是声音里已经带上了几分残酷的气息。

他说道:"你干得好啊!克奇,的确是用长刀的好手,你这个小厨师。我想让自己这把匕首尝一点儿你的鲜血,你这个小流氓。不过我再给你一次机会,要是这次再失手,你就可以去死了。一次机会,给我记住!"

现在轮到克奇浑身发抖了,他知道林格船长一向说得出做得到。现在是自己命悬一线了。

"啊,啊,船长。"克奇的嗓子好像一下子哑了,接着他把哈伦先生押回圆木旁边,然后让他跪下,像之前一样。

当哈伦先生把脑袋搁在圆木上时,他转过头来向大伙儿调皮地眨了眨眼。

刀光一闪,长刀又一次落到了哈伦先生的脖子上,他的脑袋再次滚到了地上。

大伙儿大气都不敢出,克奇更是紧张地屏住了呼吸。

哈伦先生的残躯还是跪在圆木旁边,忽然地上的脑袋一下子跳到了哈伦先生的脖子上,完好如初。克奇一下子吓得脸色苍白。

哈伦先生站了起来,张开嘴无声地大笑着,向林格船长欠身致意,接着高高跃起,落地前漂亮地连续击了三下脚掌。

林格船长现在的脸色能吓死人。他严厉地盯着克奇。不幸的刽子手像是风中的树叶一样颤抖。林格船长慢慢举起自己的匕首,用右手牢牢地握着它,左手指向面前的那片空地。

他平静地开口说:"到这里来,死狗。"

克奇犹豫了一下,乞求地看了一眼林格船长,接着走到他面前,跪在地上,举起双手求饶:

"不要！不要！船长。不要这么做！请你不要这样。我总是能干好活儿，我以前从没有失手过！想想我上有老母，再给我一次机会，船长。就一次！别杀我！船长！"

林格船长神色不变，但是眼中的凶光更加炽烈了。他一个字也没有说，只是用左手取下了克奇的头巾，抓住他的头发，然后将右手的匕首对准了克奇的胸口，准备刺进他的心脏。

这时阿曼达姑妈好像忘记了自己的瘸腿，蹒跚地走到跪着的克奇面前，挡在他的身前，向林格船长尖叫着：

"住手！你这个残忍的杀人凶手！你不感到羞愧吗？你想要杀了他吗？他已经尽了力，你才是个欺软怕硬之徒。你根本不是人，你是个怪兽！把匕首拿开，离他远点儿！你不感到羞愧吗？"

林格船长吃了一惊。他的眼睛睁得大大的，嘴都快合不上了，最后他放开了克奇的头发，把匕首也移开了。

阿曼达姑妈接着说："这才对，你比我想的更有人性一点儿。克奇先生，你起来吧。"

林格船长向阿曼达姑妈鞠躬行礼："女士，你的行为很勇敢。我觉得我很欣赏你的行为。克奇，你这条死里逃生的死狗，起来吧，谢谢这位女士救了你一命。"

克奇还是面色苍白，浑身发抖，他抓着阿曼达姑妈的手臂向她深深地鞠了一躬，然后又真心地吻了阿曼达姑妈的手。看上去他现在完全把阿曼达姑妈当作自己的救命恩人了。

林格船长说道："女士们，先生们，很遗憾地告知你们，仪式结束了，直到我找到另一个代替克奇的刽子手之后再进行。我为自己以前对他技艺的谬赞感到万分惭愧。我希望你们不要以为我是在说谎。我向你们保证，我比你们想象的还要失望得多。我现在怒火中烧，羞愧难当。我得承认自己失策了。现在我们只好回我们的老窝——愤怒之峰。"

阿曼达姑妈问道："那是什么？是一个地方？还是你现在的感受？"

林格船长回答："别再问了。"他转过身去，"我得向我的手下传达下一步的命令。"

阿曼达姑妈说道："那你会带着我们一起走吗？"

林格船长生硬地回答："我们乐意之至，女士。小伙子们，跟我来。"

他做了个手势，一个海盗解开了哈伦先生手上的绳索，把他放回了大伙儿之中。就在大伙儿说话的工夫里，七个海盗已经走出了好远。

教区委员说道："我认为，虽然我不知道自己是否正确，其他人也许有更好的见解，但是我觉得我们最好还是赶紧离开……"

托比一边拍着弗雷迪的肩膀,一边说道:"我要说的是,我要说的是,为哈伦先生干杯!"

弗雷迪叫道:"是啊!我上次看完那场表演之后就这么说来着。"

装着木腿的怪老头说道:"我想……嗯……林格船长……嗯……是不是有……烟斗之类的东西。"

愤怒之峰和愤怒小塔

那群海盗在地面上穿行着，在林格船长彬彬有礼的请求下，他的俘虏们紧随其后。这群人潜入了山谷，进入了一片树林中。在这片树林里，海盗们牵着十头骡子，七头驮人，剩下三头用来驮行李。

很快就有一头驮行李的骡子吃不消了，海盗们生了一堆火，十分钟之后，饥肠辘辘的海盗和他们的俘虏们享用了一顿香喷喷的烤肉，生火的是皮面包先生，林格船长就是这么称呼他的，他在海盗中间负责烹调。很快烤肉就被一扫而光，骡子们又背上了行李，弗雷迪和阿曼达姑妈被帮着骑上了两头骡子，林格船长矫健地爬上了那头最壮的骡子。

阿曼达姑妈说道:"现在,林格船长,我想要知道我们究竟要去哪里,要去做什么。我居然骑在一头骡子身上。我的帽子毁了,我的衣服现在一塌糊涂,我的头发……看看这里,林格船长,我再也不要往前走一步,除非你告诉我……"

林格船长开口了:"请你原谅,我亲爱的女士,不过我必须请求你再保持一会儿耐心。我请求您能享受这次旅程。我向你保证这次行程是非常有趣的。您能赞同的话我真是感到无上荣幸。"他转向那六个愁容满面的手下,"赶紧上去,无赖们!"

剩下的人也都骑上了骡子,这队人马继续在山谷中的小树林里穿行着。

弗雷迪以前从来没有骑过骡子,他现在很兴奋。当他们进入在高地上看到的那片广袤的森林之后,弗雷迪更是高兴疯了。在经受了烈日炎炎的考验之后,这里的树荫实在是太凉爽了。周围的树木都很高大,它们的枝叶更是遮天蔽日,连绵不绝。到处开满了野花,树上爬满了藤蔓,小溪在林间流淌着,唯一能打破林间寂静的就是鹦鹉的叫声和猴子们的打闹声。弗雷迪起初听见鹦鹉的叫声还打了个冷战,他还没有从刚才的恐惧中完全恢复过来,但当他看到鸟儿在林间飞来飞去时,就忘记了自己所有的危险,鸟儿和猴子在树上穿梭的景象让弗雷迪看得"津津有味",完全放松下来。

老狐狸转过身子,对身后的托比说道:

"大自然的杰作啊,我亲爱的朋友,大自然的杰作。真漂亮!鹦鹉和猴子在头上蹿来蹿去,太富有原始气息了!这真是大自然的杰作啊!"

托比说道:"你算说对了,就像我们的德鲁山公园一样,要是再有把躺椅,然后让你玩儿玩儿小提琴,那就太爽了。"

平齐先生也开口了:"呜(我)请求你的原谅,呜(我)们现在能坐下歇歇,然后玩儿小提琴吗?"

大家走了一整天,在森林里越走越深。在中午,大家又停下享用了一顿烤肉,还是出自皮面包先生之手。随着夕阳西下,森林也变得越来越阴森,静得让人不寒而栗,弗雷迪一开始的兴奋早就烟消云散了。夜色最后降临了,海盗们借着月色搭好了帐篷。

晚餐还是皮面包先生做的烤肉,大伙儿吃完就躺在用树枝和树叶铺成的床垫上,然后盖上毯子休息。夜色很是柔和,月光洒在树梢上,泛起银色的光芒,弗雷迪望着月亮越升越高,逐渐进入了梦乡。阿曼达姑妈睡得就没有他这么快了。

克奇已经精心铺好了阿曼达姑妈的床铺,当他在为阿

曼达姑妈准备柔软的树枝和树叶时,她问克奇:

"克奇,我们这是要去哪里啊?"

"别那么大声,我们要去愤怒之峰。"

"愤怒之峰!那是什么地方?"

"嘘!当我们遇到什么倒霉的事情,遇到什么不顺时,我们就会去愤怒之峰上我们的老窝。"

"你们住在那里吗?"

"有些时候吧,女士。大部分时光我们都以四海为家,但当遇上什么麻烦让我们怒火中烧时,我们就回愤怒之峰待上一段时间。就是这样,女士。"

"那我们到了那里,他们会怎么处置我们?"

"嘘!你到那里就是进了虎口了。要是你能找到什么脱逃的方法,我建议你……嘘!别说了,林格船长往这里看呢。我得走了。"

阿曼达姑妈辗转反侧了一晚上。

第二天早上,吃过烤肉之后,大伙儿又踏上了旅程。

中午的例行休息继续有皮面包先生的烤肉作陪。

到了晚上,大伙儿前进的脚步都沉重了不少,克奇赶上来凑到阿曼达姑妈的骡子边上。阿曼达姑妈凑近他,然后对他说:

"克奇,晚上我们还要吃烤肉吗?"

愤怒之峰和愤怒小塔

克奇低声回答:"不会了,女士。我们会在愤怒之峰上用晚饭。我的老母亲是那里的厨师。我昨天早晨就提起过她,我想晚饭时会有鸽肉馅儿饼。记住我对你说过的话,女士。"他的声音变得更加低沉了:"要是你晚饭时拿到了一块鸽肉馅儿饼,先看看里面有什么东西。"

阿曼达姑妈念道:"上帝保佑!他们会毒死我们吗?"

但是克奇一言不发地骑到前面的黑暗中去了。

当夜色降临时,他们只不过走了几百码,忽然进入了一块林中的草坪,那里光线稍好了一些,在淡蓝色的天空中可以看到一两颗闪烁的星星,这片空地中间分明矗立着一座塔。

这是一座石头砌成的圆塔,几乎还没有周围那些大树高,它就这么蹲在森林中,周身布满了又深又窄的裂口,它的正面有一扇沉重的橡木门,上面挂着大大的铁链和门锁。从裂口处隐隐约约透出一丝亮光,然而却衬托得这座塔更加阴森恐怖。

阿曼达姑妈发现克奇又凑了过来,于是又问道:

"这就是愤怒之峰吗?"

"不是,女士。这是愤怒小塔。"

"愤怒小塔?什么意思?"

克奇一面望着那座塔一面发抖:"我不喜欢谈论它,女士。我不喜欢这个地方。在我们建好愤怒之峰之前,我们在这里过了很长时间。我们现在没有一个人想要再待在这个地方。早在……"克奇忽然停了下来,浑身发抖,显然他不想再说下去了。

"那里还有一点儿灯光,有什么人住在这里?"

克奇回答:"没有,没人住在这儿。"

阿曼达姑妈刨根问底:"但是的确有灯光啊,肯定有人。"

"那里是……那里是,十三。"

"十三什么?"

克奇发抖得更厉害了,他再也不说话了。

阿曼达姑妈发现海盗们并不走正门穿过,而是从空地的边缘上远远绕过这座塔,好像害怕靠近它一样,当他们绕过空地,又进入了森林,远远地把那座塔甩在了身后。克奇和其他海盗忽然不约而同地长叹了一声,像是解脱了什么包袱一样,除了林格船长,他还是像以往一样不动声色。

阿曼达姑妈问克奇:"还有多远啊?"

"大概一英里,女士。"

最后的这一英里实在是太长了,尤其是在黑漆漆的夜色下走完这一英里。月亮还没有升起来。大家都一言不发,闷头赶路,树林中只能听见骡子的蹄声和树枝的折断声。

大家心里又开始变得惴惴不安，他们不知道自己的命运将会驶向哪一个方向，这种不确定感渐渐让大家难以忍受了。当快要到达目的地时，队伍忽然停住了，与此同时，一只鹦鹉发出的尖厉叫声划破了夜空，大家都被吓得跳了起来。

克奇说："这是船长，他发出了信号。"

忽然前面传来了布谷鸟的叫声，接连重复了三次。队伍又接着向前移动了。

也不知道过了多久，这群人终于走到了一片广阔的空地前面，那里长满了杂草和灌木，中间也立着一座高塔。

克奇说："愤怒之峰。"

这也是一座石头砌成的圆塔，但是这座塔比最高的树木还要高上许多，大概有六七层楼那么高，从顶上可以纵观这个森林，也可以将那座藏着宝藏的高山尽收眼底。周围也有许多又深又窄的裂口，就像窗户一样，塔顶上是一圈城垛，这简直就是一个易守难攻的要塞，从居住的角度来看，它还是略显阴郁了一些。俘虏们因为想到要被关在这种地方，都吓得浑身发抖。

这队人马走到橡树门面前，下了骡子。克奇帮着阿曼达姑妈和弗雷迪安全着陆，接着就领着那群骡子走开了。

林格船长掏出一把钥匙打开了门上的锁。

他说道:"欢迎光临。"接着做了个"请进"的动作。

大伙儿(包括回来的克奇)都进了塔,船长锁上了门,然后小心翼翼地把钥匙放回自己的裤子口袋里。

海盗研究者

现在大家都站在一条又暗又窄的走道上。大伙儿肩膀挨着肩膀站着,走道尽头忽然亮起一盏烛台,闪烁出一丝微弱的火光,照亮了一张老妇人苍老的面容。她向门口的众人缓步走过来,将手上的烛台举到头顶上,眼睛一闪一闪地细细打量着大家。她又矮又驼背,走起路来都摇摇晃晃的,她的脸庞上布满了皱纹,托着烛台的手也非常粗糙,一头脏脏的灰白色头发。

林格船长打了招呼:"啊哈!克奇大妈。我打赌你没想到我们会这么快回来吧。厨房里有什么?我们快饿死了。"

克奇大妈看着她的儿子,刽子手克奇,眨着眼睛向他点了点头。接着她就一直盯着阿曼达姑妈,再也不瞧其他人一眼了。

林格船长不耐烦地说道:"怎么?你想让我们在这里站一晚上吗?快点儿,娘儿们!快说晚饭吃什么?"

克奇大妈慢慢将视线从阿曼达姑妈的脸上移开,然后不卑不亢地盯着林格船长。

她说:"只有鸽子,蘑菇,还有……"

船长说道:"太好了!我们这下可以吃到鸽肉馅儿饼了,每人一块,管饱儿。现在赶紧去弄,快点儿。"

克奇大妈晃晃悠悠地托着烛台,沿着走道走了。

林格船长说:"其他人跟着我。"

那六个海盗在黑暗中不知去了哪里。剩下的人跟着林格船长上了一座绕来绕去的楼梯。七绕八绕之后,大伙儿终于走到了一扇大门前面,船长打开了门锁,让大伙儿进去之后,再从里面把门锁上。他领着大家走过一条阴暗的走道,然后转到右边再次打开了一扇门。

现在大家走进了一个很大的餐厅里,餐桌上放着很多蜡烛,林格船长将它们一一点燃。有位哑侍者等在厨房门口。大家都在餐桌旁边就座,过了一会儿克奇走了进来,手上拿着一块餐巾,同时哑侍者也从厨房里托着食物走了出来,晚饭开始了。

克奇等在餐桌旁边。晚餐是很丰盛的，除了鸽肉馅儿饼以外，还有蘑菇、生菜沙拉、热饼干和香浓可口的咖啡。克奇把第一份馅儿饼放在林格船长面前，阿曼达姑妈注意到克奇很仔细地检查着每个人的馅儿饼表面，直到他把阿曼达姑妈的馅儿饼放到她面前之后，接下来他就不再仔细端详馅儿饼的表面了。阿曼达姑妈看着自己的那块馅儿饼，终于发现了奥妙所在，原来馅儿饼中间有一个由褐色面团捏成的小东西，形状很像是一把小钥匙。她留意了一下其他人，他们都忙着享用食物。

大伙儿都已经开吃了。阿曼达姑妈忽然记起了克奇的叮嘱，于是她悄悄用叉子捅了一下馅儿饼，叉子好像刺中了某种坚硬的东西。在晚餐中间，阿曼达姑妈假装把一块馅儿饼掉到了地上，转身拾起它来，在桌子底下，阿曼达姑妈把馅儿饼里面的东西取了出来，藏在自己的衣裙里面。那是一把钥匙。

吃完晚餐，林格船长让大家每人拿着蜡烛，去各自的卧房睡觉。在楼梯顶上有一扇紧闭着的门，林格船长打开它，看着大家一个一个走进去，那是一排连在一起的卧房，林格船长让大家一人待一间。在楼梯上，阿曼达姑妈悄悄对托比说："别睡！把话传下去。"就这样，大家都得到了口信。

阿曼达姑妈进了房间,就躺在床上静静地等待。她吹灭了蜡烛,望着墙上漏进来的月光。随着月光渐渐暗淡,阿曼达姑妈慢慢地挪到门口,发现门被锁上了。她用从馅儿饼里取出的钥匙把门打开。走道上黑漆漆的,听不到一点儿声音。于是阿曼达姑妈摸到隔壁的门,很快把它打开,托比正坐在里面等着呢。他默默地跟着阿曼达姑妈走了出去。接着阿曼达姑妈把大家都放了出来。

那把钥匙可以打开这一排房间的门锁。大伙儿一路顺利地从楼梯下来,到了地板上,忽然餐厅门锁吱吱嘎嘎响了起来,接着门就慢慢打开了,缓缓地透出一丝亮光,然后露出一张满是皱纹的老妇人的脸庞。她往楼道里四处看着,手举着烛台一直在发抖,大伙儿像是黑暗中的老鼠一样,躲在暗处大气儿也不敢出。那位老妇人在黑暗中忽然眼睛闪了一闪,接着就吹灭了蜡烛,一切又重归黑暗。门锁又吱吱嘎嘎响了一会儿,终于关上了。

没时间可浪费,大家赶紧爬到出去的门口。阿曼达姑妈打开了门,大家一拥而出。现在他们站在月光照耀的草地上了。

阿曼达姑妈刚才激动得几乎忘了自己的瘸腿,现在只好倚在托比身上,托比抓着弗雷迪的手,领着大家顺着原来的足迹走。找那些足迹有些难度,不过最后还是给他们找到了，大伙儿顺着它们走出了草地，进了森林。还没有走出二十码远，托比就发现前面有一个黑乎乎的东西，他走过去看个究竟，原来那是一头被拴在灌木上的骡子，其他那几头也都拴在不远处，总共十头，八头装着坐鞍，两头载着行李。

阿曼达姑妈小声说道："上帝保佑克奇。"

大伙儿没费多少工夫就全部骑上了骡子，继续前进。骡子脑子里记得原来走过的路，现在不用担心在森林里迷路了。不过现在大家该往哪里去呢？要是被海盗抓住，那一切又都完了。即使他们能够躲开那些海盗，但还是会迷失在这个荒无人烟的小岛上。到底何去何从呢，未来的路又变得凶险无比了。

在逃亡的中途，有几次大家还停了下来，听听有没有追踪的声音，但是什么也没听到。透过枝叶洒下的月光似乎让黑暗变得更加深不可测了。

大伙儿一声不响地狂跑了半英里，忽然从灌木丛中跳出来七个陌生的身影，挡在了大家面前。

托比大喊起来："啊！完了！海盗！"

骡子们还是傻傻地站着。托比继续说道："早知道我们是没有希望的，我们逃不了。他们全副武装，我们赤手空拳。好了，林格船长，别动手，我们投降。我们和你把家还，别攻击我们。"

一个陌生的声音传了过来:"请原谅,你们是海盗吗?"

阿曼达姑妈大喊道:"你们自己不就是海盗?"

"什么?这里还有位女士?看起来你们的确不是海盗。也许我们操之过急了,请原谅。"

阿曼达姑妈问道:"你是谁?"

那个声音继续说:"你肯定你不是海盗?"

阿曼达姑妈说道:"我们确定一定以及肯定!"

"那我们感到十分遗憾。我们很失望。我们当然不能质疑一位女士的话,但是我们本来很有信心能够找到他们的。我们已经追了他们好长时间,很确定他们就在附近。大概我们弄错了。你能给我们指条路吗?我们要找的地方叫做愤怒之峰。"

托比说道:"我们可以,但我们不会这么做。我们正在忙着跑路,你最好也离那里远一点儿。"

"这么说来你知道愤怒之峰在哪里?你知道那些海盗的藏身之处?"

托比说:"是啊,你现在是在愤怒之峰和愤怒小塔的中间,你最好赶紧离开这个是非之处。"

那个声音说道:"很有意思,我觉得你会有些有用的信息。要是你们不反对的话,我们就跟在你们后面,直到我们找到一个亮堂点儿的地方,好把这件有趣的事情说清楚。"

于是那七个人让开了路,接着跟在了骡子后面。

五分钟后大家走到一块月光比较明亮的地方,逃亡者们下了骡子,仔细端详着那几位跟在后面的人。这几个人站成一排,而且都把头扭到右边,望着排头的那位看齐,排头的那位大概就是他们的头儿。

这是七个高大的男人,穿着黑色上衣和条纹裤子,裤子上面的条纹是灰白色的,每个人头上都戴着一顶黑色的无边便帽,一看便知他们长年出没在森林中,而且不是一般人,看起来有点儿像大学里的教授,因为他们的面容都透出一种智慧,而且每个人都戴着眼镜,好像都在昏暗灯光下饱读过诗书的样子。那位领头的人很胖,留着大把的胡须,上衣紧紧地扣在肚子上。他的声音和刚才那个声音一模一样。

"我请求你们的原谅,如果你们能够不辞辛劳,给我们指出通往愤怒之峰或是愤怒小塔的路,我们一定会……"

另一个人调皮地开了个玩笑:"啊哈!教授挺讲究措辞的!"

"请你原谅。有一点儿言行不检而已。我们必定会……"

托比说道:"没时间废话了,我们正在躲避那些嗜血狂人的追杀，要是让他们抓住了，我们就死定了。我来告诉你我们要做什么。我们要去愤怒小塔那里，然后再想下一步的对策，那里看起来是一个坚固的要塞，我们待在那里应该是安全的，如果我们能够进到塔里去的话。"

教授看了看他的伙伴们："委员会对这个提议有什么高见？""啊！很好。我们完全同意实施，亲爱的先生。"

阿曼达姑妈说道："等一会儿，请原谅，不过我还是想知道你们究竟是何方神圣。"

教授向他的伙伴们晃晃手指，接着看着阿曼达姑妈说道："女士，我们隶属于国家海盗研究中心，受国王的委派进行此项工作。你面前的就是调查神秘事件的专门机构，追寻事件的真相，盛名之下无虚士，我们就是如假包换的'达夫特'（Daft，英文意为'愚蠢'）委员会。作为海盗研究中心的第三任副主任，我荣幸地担任这个委员会的主席。我们组织的基地离这里还很远，位于国王的首都，那座著名的塔城。我们晚上扎营的地方离这里不远。我们可不想拖到明天早上，现在，作为海盗研究中心的第三任副主任，还有'达夫特'委员会的主席，我……"

托比说："太不好意思了，实在没有时间再听你扯了，我们这就得上路。"

于是"达夫特"委员会在他们第三任副主任的带领下，

紧紧跟在骡子的后面，他们的速度并不比骡子慢，这帮委员会的人还挺能走路的。

阿曼达姑妈觉得进入愤怒小塔也绝非易事，她把克奇关于那个地方的言论告诉了托比，她很高兴现在有人帮着分担队长的担子了。大伙儿继续在森林中默默地前行着，走了大约半英里，大伙儿知道快要到目的地了。每个人都忙着眼观六路耳听八方。托比忽然小声说了一句，提醒大家已经到了，他们穿出森林，踏上了那片林中空地，只见那座低塔静静地伏在月光下。

从塔上的裂痕中透出几丝亮光。大家在空地边徘徊，"达夫特"委员会忽然又出现了，第三任副主任用低沉的声音说道：

"我猜这就是愤怒小塔了，我以前一直有所耳闻，但是没有眼见为实。这是几百年前海盗的总部。但是这里发生了一些事情，我不是非常清楚，只知道那些海盗被迫离开了这里，因此他们只好另外造了一处栖身之所，也就是他们现在住的地方。我觉得这地方现在不是被他们占领着。"他转向他的同伴们，"经过这么多麻烦，最后找到这里已经很幸运了。在这里开始我们的研究调查再合适不过。"

委员会的其他人都小声地表示赞成。

阿曼达姑妈说："我不知道现在它是不是被谁占着，克奇跟我说那里面没有人，只有'十三'，他对这个地方很害怕。但是你看里面还有灯光，我实在弄不明白。"

第三任副主任说："先生们，这就是我们进行调查研究的原因所在。"

委员会的众人继续嘟哝着赞同之声。

托比说："要是我们回到森林里去，那我们很可能被逮住，要是我们待在这里，还能有那么一小会儿的安全，不管怎么样，我们就决定待在这里了，也许这些先生也能帮上忙。现在我们想法子进去吧。"

大伙儿从骡子上下来，把它们拴到树上，过了一会儿，这群人已经站在低塔的门前了。

托比说："最好先敲门。"

大伙儿敲了又敲，但是里面没有回应。

托比提议："阿曼达姑妈，试试你的钥匙。"

阿曼达姑妈掏出钥匙插进锁里，轻轻转动，门被打开了。托比推开了门。

大伙儿都进来了，托比最后拿钥匙又把门锁上了。现在大家站在过道里，挨着一座楼梯。托比低声说："我们最好上去看看那光线是怎么发出来的。"

大家小心翼翼地上了楼梯，发现这是一个大厅，大厅旁边有一道紧闭的门，门缝里透出一丝光线。托比说："就是这里。"

大伙儿屏住呼吸,蹑手蹑脚地移到门边上。门没有锁,托比转动门把,慢慢地将它推开。

"啊!"忽然托比好像吓了一跳一样大叫了一声,接着飞快地退后几步。

大伙儿挤在他后面,又把他推上前去。海盗研究中心的第三任副主任绕过他,带着另外六个人进了房间。其他人慢慢地尾随在他们后面。

房间里放着一张大圆桌。圆桌中间立着几个银制的烛台,烛火把房间照得亮堂堂的,桌子旁边坐着十三个人。

那十三个人看着这一伙人进了房间,还是纹丝不动地坐着。第三任副主任大声咳嗽了几声,他们也没有人动,哪怕是一个手指头。大伙儿走到他们面前仔细打量了一会儿,发现他们已经都死了。

这十三个死人都还好好地坐着。面前还放着食物,好像他们正在进餐一样。有几位还斜靠在桌子上,好像在谈话一样。有些好像正在盘子里切肉,有些还在往嘴里送食物。只是每张脸都是苍白的颜色,目光也是空洞的。

托比忽然指向那些人的背后小声说道:"看那里!"

原来那些人背后都插着一把尖刀,锋利的刀锋已经深深地刺入了他们的身体里,一直深至刀把。

阿曼达姑妈倒在托比的肩膀上，过了一会儿才缓过来。弗雷迪也紧紧抓着托比的手臂。托比说道："看！他们一定是海盗。"

那些死人头上都围着一块彩色的头巾，也都穿着及膝的马裤。一把匕首插在桌子中间，就像蜡烛一样，将一张白纸钉在桌子上，上面还写了些什么东西。

第三任副主任好像一点儿也不怕那十三个死人，他走到桌子边上，把匕首拔起来，取出那张纸，有条不紊地调整了一下眼镜，然后借着烛光，大声读了出来：

"林格船长在此清理门户。"

一时间房间里鸦雀无声，接着阿曼达姑妈尖声说道：

"那个嗜血狂，他亲手杀了这十三个人，眨眼之间。怪不得那六个人那么怕他。怪不得他们害怕这个地方！这个邪恶的疯子！要是他现在在这里，我一定会……"

忽然阿曼达姑妈停了下来，她竖起耳朵。楼梯上传来吱吱嘎嘎的声音，而且越来越清晰，最后这声音停了下来。

那十三个人还是纹丝不动，但是活着的人都转向门口，林格船长站在门口的走道上，右手持手枪左手拿匕首。他一言不发地进了房间，后面跟着那六个手下，他们看也不敢看自己原来的那些同伙。

林格船长在大家面前站定，目光像刀锋一样在大家脸上掠过，右手大拇指按着自己的手枪。其他的海盗也都是右手持手枪左手拿长刀，每个人都用自己的右手大拇指按着手枪扳机。

海盗研究中心的第三任副主任，看起来还是镇定自若，他缓步走到林格船长面前：

"我猜您就是林格船长？"

"啊，是啊，别废话，我得赶紧了结这件事。"

"我的委员会和我本人一直对海盗这门学问很感兴趣，很想和您好好交流。我很高兴得到了这个机会。"

林格船长冷冷地说："哦，的确如此。"

"是的，先生，我向你保证我非常高兴。我为自己终于能够发现这起詹姆斯教士时期的神秘事件感到万分荣幸。"

林格船长狐疑地看着他："啊！然后呢？"

"然后我们研究中心之前的报告就会得到证实。我亲爱的先生，两百年以来，各种渠道都在流传着林格船长和他的海盗们横行四海的故事。但是我们得到的信息也不总是可靠的，很多心怀妒忌的人开始质疑我们的研究成果，于是我们进入了更深层次的调查，现在终于有了重大进展。我们研究中心的人从来没有见过林格船长，刚才我提到的那些心怀妒忌之徒就是拿这一点大做文章，想证明这个人根本不存在。我们研究中心需要见到你本人，才可以证明我们的研究成果。非常感谢，先生，这是件前无古人的伟业。我们下一步研究的课题更加重要：你到底是死人还是活人？"

林格船长的眉毛紧紧地绞到了一起，脸上的伤疤也显得惨白，他凶恶地盯着第三任副主任，嘴唇微微分开，露出他紧紧咬在一起的牙齿，接着他嘟哝着什么，慢慢把手枪举起对准了第三任副主任的胸口，这时，教区委员大喊了一声："上帝保佑！为什么我以前从来没想到，这些人根本不是真正的人！他们怎么可能活上两百年？他们只是一群鬼魂！为什么我们以前没有想到？哈哈哈，朋友们，这里有些为你们准备的小礼物！哈哈！"

他从裤子口袋里掏出小香水瓶，举到自己头上挥舞着。

他喊道："哈哈！尝尝圣水的厉害！"教区委员打开了瓶子，往林格船长脚边洒了几滴。

一股刺鼻的气味弥漫在空气中，大伙儿都被呛出眼泪了。林格船长和海盗们飞快地往后退，但是太迟了。他们脸上露出了惊恐的表情，好像一下子被钉在了地板上，他们的长刀和手枪还是原样，但是他们的身体却动弹不得，渐渐地，他们的脸庞变得模糊不清，像是盖了一层面纱一样，身体逐渐融化，消逝，烟消云散了，最后只留下一阵轻烟，似乎还是人形,一会儿烟雾也消失了,现在,那些海盗完完全全、彻彻底底地消失了。

大伙儿转向桌子边的那十三个人,他们也跟着一起消失了。椅子上空空荡荡的。

教区委员静静地盖上瓶盖,然后把瓶子塞回口袋里。

他说道:"哈哈!没有什么比得上圣水的威力,在它面前,一切邪灵退散!上帝保佑,还好我们在从瀑布摔下来时圣水瓶没有摔坏。我的圣水是天下无双的!"

敲门声

第三任副主任和他的伙伴们现在就坐在那十三个海盗原先的座位上。其他人可是碰也不敢碰那些椅子,但是那群委员会的知识分子坐在上面却泰然自若,谈笑风生,好像没有什么不妥的。

第三任副主任用手指轻轻地敲着桌子,眉头紧锁。另一个委员会成员摘下帽子,望着他们的主席,开口说道:

"教授,我们的希望破灭了。这简直是个灾难。"

主席说道:"你是对的,亲爱的先生,这太不幸了。我们本来只差一步……"

托比惊讶地喊了起来:"什么!你的意思是,你对那些海盗消失了感到很遗憾?"

主席彬彬有礼地回答:"亲爱的先生,我没有苛责的意思,我也不想指责在座的每一位。但是这件事是科学上难以挽回的重大损失。海盗研究中心算是走到尽头了,那些海盗没有了,我们的研究中心也算完了。太不幸……"

阿曼达姑妈说道:"好吧,你难道想看到我们都被那些海盗谋杀吗?"

主席先生平静地回应:"放松点儿,我的朋友们,我已经说过我没有苛责的意思。实际上,我已经原谅了你们。但是你们给我们造成了很大的痛苦,我们一直在追寻的事业毁于一旦。'达夫特'委员会会原谅你们的。让我们安静一会儿吧。我们还得想想委员会未来的路怎么走。我有个问题想问你:我们现在应该去愤怒之峰呢,还是返回塔城,向人们坦白我们的失败,接受我们的……啊!我听到有敲门声。"

大伙儿都竖起耳朵,的确有敲门声,声音不大但是听得很清楚。大伙儿面面相觑,难道又有新的危险了吗?是不是还有些剩下的海盗?教区委员把手伸进裤子口袋里,严阵以待。

第三任副主任说:"声音应该是从房间里面传出来的。"

大家开始仔细观察这个房间,墙壁完好无损,窗户也关得好好的,只是走廊旁边的墙壁上还有一扇关起来的门,大伙儿一开始都没有注意到。托比走过去,将耳朵贴在上面,的确,门里传来一阵敲门声。

托比向大家点点头,接着试着打开这扇门,但是它已经被锁上了。他说:"阿曼达姑妈,把钥匙给我。"阿曼达姑妈把钥匙递给他,托比把钥匙插进锁孔里,打开了门。这是一个挂满大衣的阴暗壁橱,里面还坐着一个人。

托比吓得退后了几步。那个坐在地上的人漠然地望着外面。过了一会儿,那个人站了起来,擦了擦眼睛。他一言不发,只是不停地擦着眼睛,最后大家意识到他是不适应这样的亮光,接着他又连着打了两个喷嚏,好像闻到了什么刺鼻的气味一样。

这个人五短身材,穿着一身水手服,一点儿也不像海盗的装束,眼睛很小,好像挤在一起,鼻梁好像断了一样平,下巴略微有点儿翘,要说以貌取人的话,他可真不讨人喜欢。他在腰间插了一把长刀。而他的衣领也在胸前敞开着,露出红蓝色的文身。

正当他在门口犹豫不决,不高兴地打着喷嚏,眨着眼睛时,主席先生用他一贯的平静语调开口了:

"进来吧,亲爱的先生,我有些问题很想问你。"

那个水手慢慢走了进来,然后看着主席先生说道:"这里到底是什么味儿?"

教区委员说:"当然是圣水的气味。"

水手说:"我不喜欢。"

主席先生说道:"我也不能说我很喜欢这气味,但是现在再表示反对也无用了。请坐,先生。"一位委员会成员让出了座位。水手坐下来盯着主席先生看,主席还在继续他的长篇大论,"你不用害怕,先生,要是你害怕林格船长,我可以告诉你,他去了,永远不会回来了,他的人也和他一样,一去不复返了,原来椅子上的那十三个死人也在几分钟前消失了。"

水手很吃惊:"什么!那十三个人这么些年一直坐在这里?"

主席先生、第三任副主任说道:"亲爱的先生,这些都是我们的亲眼所见。现在你能告诉我们你是谁,还有你是怎么被锁到那个壁橱里去的吗?"

那个水手犹豫着:"好吧!我不知道你是谁,也不知道你在这里干什么。不过,既然林格船长死了,那么我就告诉你吧。从你的外表看来,我也没有必要害怕。"

第三任副主任说道:"我很感激你能如此深明大义。"

水手说:"别说这些废话了,开始吧。我是马修·斯皮克，一个四肢健全的水手，在'棉花老妈号'双桅船上工作，来自新贝特福德，鲁本·希金森是我的船长。"

阿曼达姑妈喊起来："什么！你是……？'棉花老妈号'！鲁本·希金森船长！你认识他吗？这不可能，我不相信！"

"你相信不相信跟我没什么相干。我和鲁本·希金森船长一道从新贝特福德出航，和他一起来到了这个岛上，这就是'修正'小岛，船长就是这么叫的。"

阿曼达姑妈又叫了起来："什么！这就是'修正'小岛。天哪！我们到了'修正'小岛，却一无所知。你确定吗？"

"船长就是这么叫的，信不信由你，我是在地图上看到的，那张地图我卖给米曾了，那是船长亲手绘制的地图，我知道的就这么多。不过也许你们是从雷穆尔·米曾手上弄到的地图，他是一个一只眼睛戴着眼罩的水手……"

阿曼达姑妈大声叫道："一点儿不错！"

托比说："顺便说句，我根本不相信雷穆尔·米曾！"

第三任副主任继续说："也许你还能告诉我们……"

阿曼达姑妈说道："弗雷迪，那张地图还在你身上吗？"

弗雷迪说："是的。"接着就把地图从口袋里掏了出来。

阿曼达姑妈接了过来，在桌上把地图展开，那个水手一边盯着地图一边不断点头。

他说:"就是它了,我不知道你怎么弄到的,但的确就是它。希金森和'棉花老妈号'在返回新贝特福德的途中葬身在一场大风暴里了,我很幸运不在那艘船上。之后一个渔夫捞起了装着这张地图的瓶子,我从他那里弄了过来,在我暴打他时他还唧唧歪歪了好久,不过到底还是弄过来了。之后我遇见了米曾,我用这张地图换了一批假威士忌和一点儿文身用的针。"

弗雷迪急切地说:"是的,是的,米曾先生就是这么告诉我的。"

"当希金森离开这个岛时,我开了小差儿,我喜欢西班牙,但我不喜欢希金森,他也不喜欢我。在他走之前,我给他留了点儿纪念,四颗断掉的牙齿还有一个黑眼圈,不过他也打断了我的鼻子。作为一个贵格会的家伙,他打架还是蛮不错的。我还偷了他一点儿东西,也许这不算什么,但是希金森可是很把这个当宝贝的,所以我就偷了,就是这个。"他从口袋里掏出一张叠着的纸,然后把它放在地图旁边,这张纸被弄得很脏,而且一看就知道有年头了。他又打了几个喷嚏,皱起眉头说:"我不喜欢这味道,这不好。我说过我不喜欢。它让我觉得很不舒服。好了,我猜那个老家伙大概觉得这张纸被锁着很安全,我希望他在把地图塞进瓶子里时想起这张纸。"他把那张纸抓在手上,向大家摇了摇,然后接着说道:"之后我就跟着林格船长,加入海盗队伍了。"

托比说道:"那么,你在这里到底有多长时间了?"

斯皮克说:"我怎么知道?自从我被关进壁橱之后,我对时间就没有概念了。我记得在我们离开新贝特福德之前,有很多人嚷嚷着要和英国佬干一架,让他们滚蛋,要自由和独立……还有一堆废话……听说波士顿那里的茶叶船还出了点儿事,我也不太清楚。之后发生了什么我也没有再听说,大概又是一场空忙。离那时大概过了好一阵子了。"

教区委员站了起来,把手放到裤子口袋里,问道:"你那么老吗?"

斯皮克说道:"不比你老,胖老头,你活你的,我活我的。"

第三任副主任连忙打圆场:"没事没事,赶紧告诉我们,你是怎么被关到壁橱里去的?"

斯皮克说:"给我个机会,要是你给我个机会我就告诉你。我加入了林格船长的团伙,我忠心耿耿地为他服务,我们一起赚到了一笔巨大的财富,很多小伙子动了歪心。他手下有十三个人想要去藏财宝的山洞里,把宝藏卷走,就是这样子。我对这种吃里扒外的事一向不太喜欢,我是个忠诚的人,所以我去把我知道的都告诉了林格船长。他眼也不眨,就定了主意,他先把那六个清白的手下支开,然后让

敲门声

那十三个人好吃好喝一顿,自己就陪在他们身边。但是他从一个银盒里偷偷取出了一把白色粉末,命令克奇大妈悄悄把这些粉末放到那十三个人的食物里,但是克奇大妈死活不肯。林格船长没办法,只好找到我,让我做这件事,我二话不说,照办,那些人就这么吃了下去。不过,因为紧张的缘故,我上楼梯时不小心撒了一大半粉末,所以剩下那些的药效就没有原来那么强烈。在我把那些下了药的食物放在桌上时,忽然传来了林格船长和那十三个人上楼的声音,我赶紧躲进了壁橱里,接着关上了门,我吓得直发抖,生怕林格船长发现我弄撒了那些药。我听到他们坐下来有说有笑,还有林格船长开玩笑的声音,好让他们放松警惕,但一会儿之后,我就听不到其他人的声音了,药效远比我想的强多了,那些人好像都已经说不出话了。我躲在壁橱里,大气儿也不敢出,心想船长会怎么对付我。一会儿,林格船长的声音也没有了,屋里一片寂静。我猜宴会结束了。接下来我听到壁橱外面有钥匙转动的声音,然后,我就被锁在里面,直到现在。"

平齐先生厌恶地说:"要是你问呜(我)的话,呜(我)觉得则(这)是你应得的,祝你在里面生活愉快。"

阿曼达姑妈愤怒地发话了:"这是我有生以来听过的最无耻的事,你和他们一样坏。"

教区委员的手还插在裤子口袋里不肯拿出来:"甚至更坏。"

托比生气地说:"林格船长没有像对待那十三个人一样插你一刀真是太可惜了。"

斯皮克的小眼睛里忽然燃起了怒火。他拔出了自己的长刀,虎视眈眈地要站起来。但他忽然站不起来了,他被定在了自己的椅子上,他拼命想起身但是却无济于事。斯皮克打了几个喷嚏,他的脑袋也停在了那个打喷嚏的动作上面,持刀的手也死活动不了。他眼睛里开始充满恐惧。很明显这是还留在房间里的圣水的作用。他和那些海盗一样,身体和脸庞逐渐变得模糊不清,最后他的身体变成了烟雾,但是还保持着人形。

大伙儿都希望看到这个坏家伙赶紧消失,但是那些烟雾并没有消失,还是留在座位上面,拿着一把朦朦胧胧的长刀。圣水刚才已经挥发掉一部分,所以现在的效力不够让他完全消失。

教区委员把瓶子拿出来,准备拔去瓶塞。

第三任副主任忽然抓住他的手:"别动,我请你别动。别再洒这该死的鬼液体了。今晚的损失够多了。我们就让马修·斯皮克这样子待着吧。他属于海盗研究中心。他是最后一个海盗了,我请求把他让给我们研究中心吧。作为一个展览品,他简直是价值连城。不断会有好奇的人跑来,只为看一眼最后的海盗。太棒了,我们的研究中心起死回生了。我非常高兴,愤怒小塔会在全世界闻名,因为这独一无二的展品。就让马修·斯皮克一直待在椅子上吧,作为旧时代的一个标本,作为这间博物馆的镇馆之宝。这个展品的价值太大了,我们可以在门口收一点点门票钱。"

委员会热烈地讨论了一番,最后兴高采烈地同意了。教区委员看看他的伙伴们,然后叹口气,把瓶子放回口袋里。第三任副主任说道:"谢谢,我们现在可以考虑下一步的计划了。"

阿曼达姑妈大声喊道:"我就是不能和这么个坐在椅子上的东西待在一间屋子里。"

第三任副主任循循善诱:"没关系的,女士,我向你保证。看!"

他靠过去,将手伸向那团烟雾,穿了过去。

阿曼达姑妈惊叫道:"啊!"大伙儿也都吓了一跳,委员会其他成员们只是冷静地点点头。

第三任副主任得意地说:"你看,一点儿事情也没有。现在我们看看这位已经离开的朋友留下的这张纸吧。"

他从桌上拿起那张斯皮克留下的纸片,调整了一下自己的眼镜,迎向烛光,将纸上的内容大声读了出来:

"设拉子(伊朗城市)的地毯商。

在漫游者之门的右边,沿着墙走六百步。

你们应该知道他的店号码:3101310。

要是他藏了起来,就说这段咒语:

Shagli Jamshid Shahriman。

你们应该把他的东西都买下来,不是他第一次的报价,也不是第二次,在他第三次报价时买下来,他要什么你们都要给他。

接着他要你们做什么你们也得依着他。

但是记住,只能从老人的地毯商店进入那座城市。"

大伙都沉默了好一会儿,阿曼达姑妈说道:

"这就是我们获得宝藏的方法。虽然其实它也没说出什么东西,你们觉得漫游者之门在哪里啊?"

第三任副主任说道:"亲爱的女士,那是我们塔城的一座门,我们知道得很清楚。"

阿曼达姑妈说道:"好吧,作为我们这伙人的头儿,我的命令是,立刻往那里进发。"

托比说道:"那样做很好,我们去那里买点儿东西,他要什么都给他。我们可是身无分文,我们怎么去买?"

弗雷迪喊道:"海盗的宝藏!山洞里海盗的宝藏!"

托比说道:"对了!我给忘了个干净。好样的,弗雷迪!

那些钱够我们把那个商店整个儿买下来。那个宝藏现在属于我们,真是太幸运了!"

第三任副主任说道:"请原谅,我们对那些宝藏一无所知,如果你们愿意……"

阿曼达姑妈说:"我愿意。"接着她很快解释了一下宝藏的来龙去脉。"达夫特"委员会,包括他们的主席,都听傻了。

主席先生说道:"我们不是多管闲事,但是如果能……"

托比喊道:"当然!你们要帮着我们把那堆宝藏从山洞里取出来,帮助我们找到塔城,要是你们帮助我们,那么你们就应该分一杯羹,对吧?"

托比的伙伴们都同意了,委员会也很高兴接受这个提议。

第三任副主任说道:"海盗研究中心这下子起死回生了!我们现在有了一座独一无二的博物馆,有着独一无二的展品,我们接下来就要有大笔资金了。我的朋友们,现在是时候离开了。你们如果愿意先走的话,我留下吹熄这些蜡烛。我们还要记住得关上门窗,以防风吹散了马修先生。"

几分钟之后,大伙儿就站在室外的草地上了。大家脑海里都还残留着那幅阴暗的房间里,人形烟雾坐在椅子上的画面，还有点儿心惊胆战。

托比说道："好了，现在让我们去山洞取宝藏，接着去塔城吧。"

塔　城

在海盗们的山洞里,虽然大家费了好大的力气,最后到底还是把那些宝藏弄了出来。

委员会扎在树林的帐篷里的工具和补给起了很大作用,他们居然还带了很多牲口,看来这些委员日子过得挺奢侈。

就在哈伦先生不久之前表演砍头绝活的地方,辛苦半天的人们站在太阳底下,把他们弄湿的衣服晒干,在穿过瀑布进入山洞时他们的衣服都湿透了。不过现在他们望着面前装满财宝的盒子和麻袋,一个个都非常高兴。

托比说道:"我要说,我们现在就把这笔财宝分了算了,省得到了塔城之后再费事。"

老狐狸又在感叹:"真是大自然的杰作啊!在广阔的丛林之中居然隐藏着这样……这样宝贵的山洞!大自然的杰作!在这个激动人心的时刻,亲爱的朋友们,我心头涌起一股暖流,一种……我刚才是不是听到了现在就分财宝的建议?"

于是大家就谨慎地分了起来,每个人都拿到了令自己心满意足的一份,每一份财宝都被分开打包,接着都一一放到了骡子的背上。这真是一笔富可敌国的财富。

装着木腿的怪老头说道:"你们觉得……嗯……我到了塔城之后……嗯……能不能弄到一烟斗烟抽抽?"

第三任副主任说:"没问题,你的钱现在买多少烟草都可以。"

平齐先生说:"灰(非)常抱歉,呜(我)觉得抽烟是一个很不好的习惯。"

托比瞪着他说道:"哦,原来如此!"

平齐先生平静地继续说道:"灰(非)常不好。呜(我)的良知一直在责备呜(我)干烟草生意这行。呜(我)在那个木台子上面已经看过太多烟草造成的恶果了。很多次呜(我)忍不住都哭了,别人还以为呜(我)脸上的是雨水,看着那些老老少少去店里买烟抽,呜(我)知道他们的结局迟早都会到来,而呜(我)还是日复一日地拿着那支雪茄站在店门口,很多次呜(我)都希望能放弃这份工作,去从事一份不那么坏的职业。呜(我)经常对自己说:'哦!要是呜(我)能重新开始就好了。'现在呜(我)终于可以实现自己的梦想了,呜(我)可以拿着则(这)笔钱开一家动物内脏供应店。"

托比冷冷地说:"开一家内脏店不见得比烟草店罪过少吧?"

平齐先生骄傲地回答:"至少内脏里没有尼古丁。呜(我)忍不住要劝呜(我)的朋友立特巴克也重新开始,因为现在他有本钱则(这)么做,去做一些对年轻人没有害处的事情。要是问呜(我)的话,呜(我)建议缝纫或是打褶的生意都可以。"

托比说道:"没人会问你。我能看到自己在缝纫或是打褶是什么样子。烟草是我的特长和兴趣所在,我这一生都会从事烟草业。缝纫或是打褶,天哪!"

教区委员插进来说:"我听了两位的意见,我瞻前顾后,统观全局,我认为要是我们一直不出发,就永远到不了塔城了。"

托比说:"对了,再多说一句,我从塔城回去之后,就找一个印第安人放在我的店门口,让这个内脏贩卖商走自己的路去吧。"

第三任副主任最后说道:"请原谅,很抱歉打断你们这么有趣的讨论,但是我们真的要走了,先生们,我们的马匹都备好了。让我们向塔城进发!"

这实在是一段漫长的旅程。这群旅行者们白天翻山越岭,夜里在能找到水源和木材的地方扎营休息,在星光下面入眠。他们足足走了一个月。

有天早晨大伙儿顺着一条山路走了几个小时,最后到了树木葱郁的山顶。在那里他们看到了一幅壮丽的画面。

山脚下面是一条彩缎一般的溪谷,远处是一片深色的群山,群山的深处坐落着一座城市,四周围着高高的城墙,城中高高低低的塔顶在阳光的照耀下闪闪发光。城市就坐落在山坡的斜面上,山顶高耸入云,云雾缭绕在半山腰。大家看着这幅画面都已经说不出话来,而那座伟大的城市就坐落在云端,远远就可以看见城里的那些美丽的建筑,好像是一座花园。在城市中心,有一片广阔的建筑群,大得好像皇宫一样,是各种各样的高塔。这是最吸引大家的,他们第一眼就被这片建筑深深打动了。好像世界上所有的塔都集中在了一起,其中最漂亮的那座塔建在一座白色建筑后面。它颜色灰暗,是用砖块砌成的圆锥形状。它高得超乎所有人的想象,它默默地矗立在山顶，刺穿了云层，大家根本看不到塔顶，因为塔顶被云彩遮住了。

第三任副主任一边往那个方向挥舞着手臂，一边高喊道："塔城！这条路走到头就到漫游者之门了！"

于是大家快马加鞭地赶路，到了晚上，大家在路边的一片树林里扎营。大家坐在草地上休息时，第三任副主任左顾右盼，接着说道："我的朋友们，我得告诉你们塔城的故事。我们的国王是一位英俊和蔼的人，看上去只有三十多岁，但是我要是告诉你，他已经当了四十多年我们的国王，你们一定会大吃一惊。他的妻子比他小一些，是王国里最美的美人。她的婚戒是她丈夫送给她的礼物，是纯金铸成的，还镶嵌着一颗名贵的红宝石，这枚戒指她从不摘下片刻。这对夫妇有三个漂亮的孩子，两个男孩和一个女孩，最大的孩子大概九岁。"

"当王子，也就是我们现在的国王，成长到三十岁时，老国王在皇宫里面举行了一个盛大的晚宴。在这个晚宴上，老国王对群臣宣布他要造一座塔，一座世界上最高的塔，这座塔可以触碰到云端，在最短的时间内造成这座塔的人，可以向他要求一切。老国王笑着作出了承诺，看上去并不是多么认真，但是当时很多有权有势的贵族想要这笔赏金，于是争先恐后地开口。一个人说十年造好，另一个人就说自己只用八年,接着又有人说六年半就足够了,但是这些时间都太长了,老国王已经年老,他等不了这么久。"

"老国王最后说道:'有没有人可以用比六年半还短的时间造好这座塔?'"

"宴会厅里传出一个声音:'我只要一个晚上。'"

"一个老人走到国王面前,穿着一件长袍,脚踏一双便鞋,手上提着一盏点亮的灯笼,还拿着其他一些东西,整个宴会上的人都不认识他,大家都不知道他是怎么混进宴会人群中的。"

"这个老人说道:'我一晚上就可以造好这座塔。'"

"老国王笑了起来,不过他接受了老人的申请。老国王说道:'明天早上,如果我们看到那座塔完成了,你可以要我王国里的任何东西作为报酬。'"

"那位老人欠身行礼,接着慢慢走出了皇宫。身后的人群爆发出一阵哄笑声,包括老国王自己,但是亲爱的朋友们,第二天早上老国王醒来之后,忽然发现皇宫面前矗立着一座前所未见的高塔,高耸入云。朋友们,那就是你们现在看到的那座塔。"

"晚上老人来取自己的报酬。他站在国王面前,王子站在国王的右手边,而太子妃和王子的孩子们站在国王的左手边,老国王问那位老人想要什么。"

"老人带着狡猾的微笑说道：'我除了太子妃手上那枚红宝石戒指，什么也不要。'"

"太子妃的脸色变得苍白，把手藏到身后。她不肯放弃自己的婚戒，不管老国王怎么说，就是说服不了她。最后老国王只好向那位老人说其他东西都可以，一打红宝石戒指，一整箱红宝石戒指都可以，但是老人只要太子妃手上的那枚红宝石戒指。太子妃的脸色越来越苍白，好像很恐惧，但她还是不肯放弃那枚戒指。老人又露出了狡猾的微笑，接着离开了宫殿。"

"第二天早晨，太子妃和她的三个孩子都莫名其妙地失踪了。全国被国王翻了个遍，还是没有找到他们。国王和王子决定上塔看看，但是总也爬不到头，而且塔顶上还有哭泣的声音隐隐约约地传来。他们咬咬牙，往更高的地方继续攀登，发现孩子们正坐在楼梯上抱成一团哭泣。他们的母亲无影无踪。国王和王子都束手无策了，他们召集了最强壮的攀登者往塔顶攀登，但是塔顶似乎总是难以企及。从那以后，大家再也没有见过太子妃。"

"不久以后，老国王去世了，他的儿子继承了皇位，这就是我们现在的国王，时间好像在太子妃失踪的那天后停滞了，他的三个孩子一直没有长大，好像在等待他们的母亲回来一样。有很多人说这些年来太子妃一直还活着，只是被那位老人施了魔法，等待有人把她从咒语中唤醒。我不太清楚。"

阿曼达姑妈问道："她叫什么名字？"

第三任副主任说道："她叫米兰达。"

阿曼达姑妈又问："那城里其他那些塔是怎么回事？"

"自从老国王造了那座塔之后，造塔就成了时尚。国王的一言一行都会成为时尚。但是现在这种时尚早就不流行了，它已经过时了，消亡了。现在的潮流是圆屋顶，是贵族库巴拉·科汉引领这股潮流的。"

托比说："好了，我看不出我们和这些有什么关系。我现在想看的只有老人的地毯商店。"

设拉子的地毯商店

　　远方的来客在漫游者之门前面停了下来,两边的城墙又长又高,在他们眼前蔓延开去。人们进进出出,有的赶着驴子,有的骑着马,有的坐着马车,熙熙攘攘,人声鼎沸。有几个骑马的人还向第三任副主任行礼致意。他转向他的伙伴们,挥着手高喊道:"漫游者的集市!"

　　果然,在城门的两边高高的城墙脚下,的确是一幅集市的场面。目之所及,全都是背靠着城墙的货摊,五颜六色,令人目不暇接。这些货摊形成了一个混杂的大市场,什么买卖都有,金银首饰、青铜器皿、地毯挂毯、眼镜和时钟、游戏玩具,还有牲口、航海用具、手杖拐棍、丝绸缎带、名贵的香水宝石——应有尽有,甚至还有被关在笼子里的鹦鹉和猴子。有一个贩卖陶器的货摊,制陶者旋转着陶器现场制作。还有算命的卦摊,算命的人用小棍子在桌上摆成各种奇形怪状。还有人用黏土捏成各种彩色的小鸟或是别的动物,栩栩如生。一个吹玻璃的人,在拼命一边转一边拉成一艘船的形状。还有人在表演驯蛇,他坐在地毯上,用手指指挥面前的蟒蛇舞动身体。有人在表演魔术,他把一个空罐子藏到身后,再拿出时,罐子里居然开出了一束鲜花。有一只猿猴在地上用粉笔演算算术题。还有飞快来回穿梭的织布机。看来这个地方千奇百怪的东西永远也看不完。这个集市上的人也来自五湖四海,棕皮肤的人、黑人、黄种人,当然还有白人;斜眼睛的人,圆眼睛的人,扁平鼻子的人,长着鸟一样嘴的人,头发像羊毛一样卷曲的人,直发的人;这里还有各式头巾,兜帽,白色的长袍,五颜六色的礼服,天鹅绒的外套,棉质的上衣,各种服饰这里都可以找得到。这种喧闹场面弗雷迪从来没有见过,除了那次在高特街剧院的经历。一堆一堆的人围在每个货摊前面讨价还价,这是一幅五光十色、生气勃勃的图画,弗雷迪看着觉得自己都要高兴得跳起来了。

他说道:"哦!我们能不能沿着街一路这么看下去?我在这里待一整天都不会觉得闷。"

托比说道:"我们现在有要事在身,等办完事我们再来逛。"

老狐狸说:"这是个好主意,现在骡子上驮着大把大把的钱,要是我们愿意,可以把这个市场都给买了,这个主意不错。"

平齐先生念道:"右边墙走六百步。"托比接着说:"老人的地毯店!随便扫两眼,这里大概就有五百个地毯商。"

阿曼达姑妈说:"那个店的号码是多少?"

托比回答:"3103101。"

平齐先生说:"你弄错了,是3013101。"

托比反驳道:"我说的就是这个。"

装着木腿的怪老头说:"请原谅,我记得应该是……嗯……3101301。"

教区委员跳出来:"我纠正一下,3031010。"

老狐狸说:"看来还是要我来,我肯定那串数字是3013010。"

阿曼达姑妈气急败坏地说:"为什么不看看那张纸?"

大伙儿大眼瞪小眼,等着别人把纸拿出来,但是没一个人动手。

第三任副主任平静地说:"很抱歉,不过我刚清清楚楚地想起,我们把它落在愤怒小塔的桌子上了。没事,它在那里很安全。"

阿曼达姑妈叫起来:"这下好了!这难道不是一个羞耻吗?我们现在上哪儿去?地图在哪儿?弗雷迪,你带着地图吗?"

弗雷迪把自己身上的口袋翻遍了,他说:"没有,不在我这儿。"

第三任副主任说道:"我清楚地回忆起来,地图也和那张纸一起留在那里了。"语调中听不出一丝焦虑。

阿曼达姑妈大喊:"上帝保佑!地图也给丢了!我从没见过一个人的脑袋……现在听我的,有没有人记得那段我们需要告诉地毯商的文字……"

第三任副主任说道:"啊!女士,这点我可以帮上忙。那段是波斯文字,我对它们很熟悉。'Shagli Jamshid Shahriman',先生们,我说得对吗?"

达夫特委员会的委员们纷纷点头。

第三任副主任充满自信地说:"接着我看不到任何我们无法继续的理由了。"

托比说:"那么加把劲儿,我去走六百步,看看到底是什么地方。"

大伙儿骑着骡子在人群里缓慢地穿行,托比在大家身边小心翼翼地数着步子。

他开口说道:"五百八十步……五百九十步……五百九十五……六百。"接着大伙儿都停了下来,从骡子上跳下来。很多路人驻足观望,但是也仅仅是好奇而已。一个委员把骡子牵到路边的空地上去,在那里把它们拴好。其他人则走到托比身边,看看面前到底是什么摊子。

这根本不是他们寻找的那种货摊,里面一张地毯也没有,只有很多钟表,还有一些日晷和时钟。柜台后面站着一个二十岁的小伙子,深色皮肤,微笑着露出一排洁白的牙齿,头上包着一块白色头巾,身上套着一件宽松的长袍。看上去他苗条而健美,手指优雅修长。他交叉着双手手指,开始用一种大家从没听过的口音跟大伙儿聊了起来,一边微笑着向大伙儿欠身致意。他身后的货架上放着各种器皿,当然还有钟表。商店上面是一顶橙蓝条纹的遮阳篷,牢牢地拴在城墙上面,挡住了他头顶毒辣的太阳。他身后的墙上有一扇关着的铁门。

托比对大伙儿说:"我们大概是走错了,不管怎么样,既然来了,打听一下好了。"他对柜台后面的年轻人说道:"我们在找设拉子的地毯店。这里看起来不像是一家地毯店,但是你也许听说过一点。设拉子,那个商人的名字。"

年轻人一边谦卑地欠着身,一边回答道:"不明白。"

托比继续问:"地毯店的老人,想想。地毯店的老人,很简单的词汇,地毯店的老人。你的明白?"

年轻人回答:"钟和表,日晷。你的要不要?"

托比说:"不要,我们不要。我们要地毯店的老人,麻烦,这明明很简单嘛。地毯店的老人!你怎么可能不明白?"

年轻人继续唠叨:"地毯店的老人不卖。钟和表,卖。"

托比没法子,只好退而求其次:"那么,这里是多少号?"

年轻人一脸困惑地摇着头:"号码不卖,钟和表,卖。"

托比下了最后结论:"天啊!我们绝对是走错了。"

当这两个人还在纠缠不清的时候,弗雷迪发现了一点儿小玩意儿。他注意到店后面有一个小盒子靠在墙上,还有七口大钟排成一排靠在那里。它们很明显都已年久失修,其中两口连指针都没了。就像这里的大部分钟表一样,它们的时间都已经停止了,而且看起来已经停了好多年了。弗雷迪随便扫了一眼几口钟上面的时间,忽然感到一阵惊讶。从左边开始,第一口钟显示的时间是三点,第二口是一点,下面一口没有指针,根本显示不了时间。接着下面一口是一点,接着是三点,下面一口又是一点,最后一口钟没有指针。弗雷迪又看了一遍,它们显示的时间正好构成了一串数字:3101310。

托比向他说道:"过来,我们得继续找下去。别在这里浪费时间了。"

托比走开了，其他人也跟在他后面，往其他的店铺走去。那个年轻人的一口白牙亮得发光，他彬彬有礼地恭送这群不速之客离开。

弗雷迪扯了扯托比的衣服，对他小声说了几句。托比听完之后，一言不发，又领着大家回到了店里。

他开口说道："年轻人，来这里看看，我找到你的号码了，别废话了，要是你什么都听不懂，至少你看得懂数字。"他指着那些墙角的旧钟，"听着，年轻的朋友，3101310。"

微笑忽然从那个年轻人的脸上消失了。他变得有些紧张，接着他把长长的手指放在柜台上，把身子倾了过来。

他说道："不明白。"

托比说："天！地毯店的老人在哪里？我们找对了地方，我们想见地毯店的老人，让他出来！"

年轻人继续装傻，不过语调已经变得有些紧张："钟和表，你的要买？"

托比气得大喊："什么都不要！我们要见地毯店的老人。教授，"托比转过身去，"那堆能让地毯店的老人现身的鬼话是什么？"

第三任副主任高声说道："Shagli Jamshid Shahriman!"

忽然间那个年轻人完全变了样，他将手放在胸部，深

深地行了一个礼,谦卑地开口说道:

"我希望您能原谅我的不敬,万事还是要小心为上。有很多邪恶的人,假扮成各种各样的模样,想要接近我伟大的祖父。他的生命无时无刻不处在危险之中,因为他掌握着阻止那些恶人阴谋的秘密。由于这个缘故,他不得不很多年不做地毯生意了,现在他一直生活在不为人知的隐秘之处。你想要见他吗?"

托比说道:"你英语其实说得挺顺溜的。"

"是啊,阁下。我还会其他十二种语言呢。你渴望见我的祖父吗?"

托比说:"的确如此。"

"那么我请您稍等片刻。"

年轻人再次行礼,接着就穿过墙上的铁门走了,最后没忘记关上那扇门。过了好一会儿,他回来了。

"跟着我,我会带你去见我伟大的祖父。"

第三任副主任对大家说:"我们在这里等着你们回来吧,进一步的探险对我们来说没什么必要了。"

于是,委员会一干人等去了骡子那里,剩下的人跟着年轻人穿过铁门。年轻人把铁门锁上,大伙儿猛然发现自己身处在一片黑暗之中,年轻人说道:"如果你们愿意和我前行,那么我会给你们带路。"大伙儿凑到他身边,又一次听到了他的声音,"小心一点儿往前走,直到你发现第一级台阶,然后再往下。"大伙儿小心翼翼地挪着步子,开始下楼梯,这台阶是用石头砌成的,听起来年代就很久远。

大伙儿下了大约三十级楼梯,最后发现台阶结束了,大家踏在了地面上。年轻人的声音再次响起:"现在要过桥了,一个挨着一个,抓紧栏杆。"大伙儿一个紧挨着一个,小心地往前走,每个人都牢牢地抓着木栏杆,一阵微风从大家脸上拂过,每个人耳边都响起了淙淙的流水声。与刚才脚下冰冷的石头不同,现在大伙儿感觉脚下踩着厚实的木板,这多少让大家放松了一些。这是一座很长的桥,大家听了一路的流水声。最后大家再次踏上了地面,年轻人又发话了:"顺着右手的墙走。"

大家都抬起右手,摸着右边的石墙慢慢地走。走了一会儿,面前有一堵墙挡住了大家的去路,年轻人对大家说道:"弯下腰来就可以走进去。"与此同时,大家面前出现了一扇圆形大门,里面隐约透出一点儿亮光。门的大小只够一个人弯腰进去。年轻人第一个进去了,其他人也紧随其后。大伙儿都进来之后,年轻人拉动门上的链条,这扇门一下子又消失得无影无踪了,正常人的视力根本没法在墙上发现它。

大伙儿现在在一个简陋的小房间里,只有中间放着一张桌子，桌上点着一盏银灯，形状好像一艘船一样，四周墙壁也都很简朴，只有几个架子靠在墙上，架子上放着好多瓶子，里面装着五颜六色的液体，还有粉末，架子上面还有研钵、曲颈瓶、火炉和满是灰尘的厚书。很明显这是一个密封的房间，但是年轻人把手伸到架子上一个瓶子后面轻轻一按，对面墙上慢慢现出了一扇圆形门，就像他们进来时一样。

年轻人说："我们到了，请跟着我。"

他弯下腰进了那扇拱门，其他人也跟着进去了。里面是一个富丽堂皇的房间，一盏华丽的吊灯照亮了整个房间。中间的桌子上堆得到处都是翻开的书籍和卷轴，特别引人注目的还有一个大大的水晶球放在上面。

桌子旁边的长椅上，分明坐着一位干瘪枯萎，如同木乃伊一般的老人。

六个被封印的灵魂

年轻人说道:"这就是我的祖父。"

现在他们身处的房间四周墙壁上挂满了各种各样的地毯,地上也铺着一样华丽的地毯。错彩镂金的挂毯挂在墙上,椅子上还铺着柔滑的丝绸和羊毛的坐垫。桌子上空的那盏吊灯是用琥珀和红宝石色的玻璃制成的,闪烁着柔和的光芒。天花板上开着三四个小通风孔,室内的空气还是很新鲜,只是带着几分烟草的味道。坐在长椅上的那位老人正在抽烟斗,那是一种水烟烟斗,长长的烟斗都快挨着地板了。

地毯店的老人用他那双黑色的眼睛看着他的访客们。

他的皮肤颜色很深，还布满了深深的皱纹，就像是一个干瘪的苹果。他的肋骨好像要刺穿他的胸膛一样鲜明。老人咧开嘴唇，露出又黑又坏的一排牙齿。他的手像是鸟爪一样，瘦小的深褐色颅骨上满是白发。老人穿着一件柔软的长袍，脚上踩着一双红色摩洛哥皮的拖鞋。他的头巾放在桌上。

这位老人是大家看过的最瘦小的人了，他探询地扫了大家一眼，接着站起身子，把烟斗放下。他和弗雷迪差不多高。现在老人挨着桌子站着，盯着大家，看起来好像一具木乃伊，随时有可能碎成碎片。

他开口了，声音出人意料地有力："欢迎你们远道而来。请允许我问一句，是什么使得你们造访寒舍呢？"

托比说道："我猜我们是想买点儿东西，我不知道究竟是什么东西，是一个叫做希金森的家伙，鲁本·希金森船长，他指引我们这么做的。"

老人回答道："啊，是的，我清楚地记得他。我对他不幸遇难深表遗憾。他是一个杰出的人，某些奇怪组织的一员。"

托比说道："一个贵格会会员。他留下的一张纸上说我们得在这里买点儿东西，我们现在就来买这些东西。"

"我不做地毯生意很久了，但是你们也都看到了，我有一些自己的珍藏，作为我隐居生活的一点儿小消遣。"老人环顾四周，"我不愿意割舍其中任何一件，但是为了你们这些远道而来的朋友，我愿意破例一次，我的孩子，"他对那个年轻人说，"把奥马尔的祷告地毯拿过来。"

年轻人从墙上取下了一条小毯子，将它放到老人的脚边。

老人说道："你们可以一眼就感觉到它的美丽。库尔德地毯有三百年悠久的历史，好好看看，色彩和谐，设计精细。拥有这样一件杰作，就如同在沙漠中拥有一口清泉，就像信徒们得到了上天的指引。对于远涉重洋，千里迢迢赶来的人们，它的价格是，十二个铜便士。"

老狐狸细细地观察这块毯子，他的眼睛里充满着喜悦。"漂亮！我从来没有见过如此漂亮的地毯，这是一件杰作，我买了。十二个便士，它是我的了。"

阿曼达姑妈说道："不！不！你不能这么做。这是我见过的最漂亮的毯子，价格也够公道。但是我们不是来买地毯的。很抱歉，先生。给我们看点儿别的东西。"

老人露出了一个狡猾的微笑。

他回答道："您的仆人深感遗憾，我请求您原谅我拿了这么一件微不足道的东西来打扰您。我的孩子，把它拿开。如果您能宽恕我的错误，我会给你一个更大的惊喜。这次我保证会不辱使命。"

托比对弗雷迪小声说道:"这人真会说话。"

老人继续说道:"我的孩子,把许愿地毯拿来。"

年轻人将刚才的毯子拿走,从墙上取下了另一块毯子,比刚才那块大得多,足够十二个人站在上面。这块毯子很脏,磨损得也很厉害,怎么看也比不上刚才那块。

老人说道:"鲁斯坦之墓的毯子,是英雄鲁斯坦在和妖魔阿克纳威德的战斗中夺来的。这是最后一块许愿地毯了。它的价值就在于,坐在上面的人可以在世界各处任意穿行,不论远近。不可思议的造物主,"他热切地向大伙儿看了一眼,"如果你们想要回家,一眨眼你们就可以回去了,你们只要坐在上面,许下回家的愿望,一瞬间你们就会发现自己好端端地坐在家里了。这块毯子的价格是二十个便士。"

大伙儿都有点儿犹豫不决了。老烟草店浮现在每个人的脑海里,它还从来没有显得这么的舒适宁静,而且安全。他们几时才能再回去,大伙儿心里都没底。如果不抓住这次机会,也许就永远回不了家了。这是一个大家盼望已久的机会啊。

老狐狸问道:"我们能带着自己的那笔财产一起走吗?"

老人说:"只要你把东西堆上去,就能带着一起走。"

老狐狸说:"那我买了,二十个便士对这样一块神奇的地毯来说实在不算多。这块地毯是我的了。"

阿曼达姑妈从沉思中缓过来，开口说道："不是这回事。没人要买这块毯子。我是大家的头儿，我的命令是，看看下面还会有什么。很抱歉，先生，我们不想要地毯。您能给我们些别的东西看看吗？"

老地毯商看上去很苦恼："我不知道我怎么犯下这样一个错误，我早该知道这些微不足道的东西你们不会感兴趣。我绝无冒犯之意，但是我担心我寒酸的收藏中大概没有一件能入你们的法眼了。祝你们一路平安。你们想在塔城多留几日吗？"

托比说道："这不行，你得拿点儿别的给我们看。"

地毯商试探地望着阿曼达姑妈："您的命令？"

她回答道："正是。"

地毯店的老人说道："那么悉听尊便吧。我只是对自己还有什么小玩意儿可以献给您感到不胜惶恐，不过我相信您不会生您忠实仆人的气。"他转向年轻人，对他说了几句大家不懂的话。接着他又对大家说："贵客们，请不要责怪你们仆人拙劣的技艺。"

年轻人消失在一块毯子后面，转眼之间就拿着几件小玩意儿回来了，他把它们在桌上排成一排。这是八个沙漏，非常普通的那种，很像在外面货摊上看到的，沙漏上面的沙子刚刚开始向下漏。大伙儿都不由得露出了失望的神色。

地毯店的老人说道:"我感觉到了你们的不满,不过除了我那些卑微的地毯,这是我仅有的可以献给你们的东西了。"

老狐狸问道:"那么这些小玩意儿要多少钱呢?"

地毯店的老人的黑色眼睛盯着阿曼达姑妈,说道:"价钱,价钱就是你们外面骡子上的全部财产,你们每一个人的财富。"

大伙儿都惊叫起来。那些千辛万苦才赚到的财产,来换这些普普通通的小玩意儿,一生的荣华富贵,就换一个小小的沙漏。

装着木腿的怪老头说道:"啊!请原谅,不过……嗯……这价格好像有一点儿高。"

老狐狸斩钉截铁地说:"对我来说太高了,我很抱歉,但是我不会买这个,我没法和这个人做生意。请把我排除在外。"

装着木腿的怪老头也说:"嗯……我也是。"

托比迟疑片刻,开口说道:"好吧,要用那些财宝来换这堆小玩意儿,实在是件难事,我不想这么做。你的意见呢,阿曼达姑妈?"

阿曼达姑妈直视着地毯店的老人的眼睛,他也一直注视着她:"我会这么做。我千里迢迢地赶来就是为了这件事,我会这么做,我不愿意在最后一刻放弃。我下定决心了,先生,我买一个沙漏。"

托比说道:"天,那我也买一个。你呢,弗雷迪?"

弗雷迪说:"当然买了。"

平齐先生说:"呜(我)也买。"

教区委员说:"瞻前顾后之后,我决定也买了。"

哈伦先生无声地点着头。

不过,那两个怪老头还是坚持不买。谁也劝不动他们俩。他们俩要离开这里。

年轻人领着他们俩离开了这个房间,带着他们返回委员会和骡子那里。托比、哈伦先生和平齐先生跟着去取钱来买那六只沙漏。

这活儿挺麻烦,花了不少时间,与此同时,地毯商征得大家的同意之后,又坐回椅子上抽起了烟斗,阿曼达姑妈、弗雷迪,还有教区委员坐在他周围,静静地看着他吞云吐雾。

现在大家的财宝都堆在了房间的角落里。托比、平齐先生和哈伦先生回来了,地毯商的孙子没有陪着他们,留在了外面。

托比说道:"其他人会再等一个小时,要是我们一个小时后不回去,他们就自己进城,不等我们了。"

地毯店的老人放下他长长的烟斗,向阿曼达姑妈谦卑地鞠了一躬。

他说:"尊敬的女士,请允许我看看您左手的手指。"

接着他伸出右手握住了阿曼达姑妈的左手,仔细端详了一番。他深吸了一口气,然后举起双手,深深地行了一个礼。

他说道:"正如我所料,左手第三根手指上面的印记,殿下,"他身子弯得更低了,"我请求您接受您仆人的致意。"他将阿曼达姑妈的手举到嘴边,彬彬有礼地吻了一下。

阿曼达姑妈的脸一下子红了:"天哪!你让我觉得太傻了。"

地毯店的老人继续说道:"您离开了很久,不过现在您已经回来了。你们都中了魔法,你们是被封印的灵魂,你们现在的身体都不是你们自身的。我猜你们应该一直都没有觉得自己被封印了,是吗?我向你保证,你们弄错了,我还会教你们修正这个错误,让自己的灵魂回归到原来的躯体中去,如果你们愿意的话。女士,"他再次向阿曼达姑妈欠身致意,"我随时等着您的命令。"

阿曼达姑妈说道:"我认为我们都想要修正自己的错

误，这就是我们来的目的。我们千里迢迢来到这里，只为了能够修正我们曾经的错误，如果你有办法，尽管使出来吧。"

地毯店的老人说："悉听尊便。请拿起那个沙漏。"

大家都从桌子上拿起了沙漏，举在手上。

地毯店的老人说："我们得毁掉这些沙漏里的沙子，如果能毁掉它们，封印就解除了。世界上没有什么力量可以摧毁它们，除了一种力量——保护者的白色火焰。你们愿意冒这个险吗？"

阿曼达姑妈平静地说道："我愿意。"其他人也都点头表示同意。

地毯店的老人说："那么接下来我会给你们穿上白色长袍，要是没有它们，你们会受不了白色火焰的。"

他走到墙边取出一个箱子放到桌上，打开来取出六件白色的亚麻长袍，叫每人穿上。弗雷迪穿这身袍子太长了，不得不用手拎起长袍的下摆。

托比说："好了，其实我穿女睡衣一向显得很蠢，不过这也太……"

地毯店的老人说道："安静，现在那些火焰伤不了你们了。记住两件事：无所畏惧，牢牢抓住沙漏。"

他一边说着一边拍着手，一个黑人忽然出现在他身后，穿着和大家一样的白色长袍。老人用奇怪的语言向那个黑人说了几句，那个黑人向老人鞠了一躬。

地毯店的老人说："现在，请跟在这个人后面，再见，愿你们得到安宁。"

白色火海

那些穿上白色长袍的人,穿过墙上的那道拱门,沿着一条沥青小路跟在那个黑人后面,走了一会儿眼前又是一座桥,和之前那座很相似。他们依旧小心翼翼地一个挨着一个走了过去,淙淙的水声从脚下流过,寒风在他们脸颊边呼呼地吹着。接着他们触到了一级台阶,也是用石块砌成的。他们上了三十级台阶,然后用手扶着墙,慢慢地前行。这条路忽然生硬地转向左边,他们望见前方路口透出一丝亮光。

黑人说道:"这是大师的工作室,请跟着我。"

他们路过了一扇有光线透出的窗户,但是那扇窗户太高了,看不见里面有什么。走到路的尽头,黑人停在了一扇紧闭的铁门面前,他掏出钥匙打开大门,引着大家走进去。

  一个花园出现在他们眼前,漂亮得让他们不敢相信自己的眼睛。屋顶是用绿色和琥珀色的玻璃制成的,阳光照在上面,透射出五彩的光。屋顶被四周的高墙高高支起,花园的中心有一口喷泉,将晶莹闪烁的泉水倾泻在大理石盘里,在四周铺满了五颜六色而又整齐划一的鲜花,像是彩虹一般;沿着墙边种着可可、香蕉树和竹子,白色的美冠鹦鹉在树影之间穿梭;这里的空气掺杂着湿重的泥土气味和花香。大家都心情愉快地深吸了一口气。刚才他们经过的幽暗地带在这个美丽的花园面前简直像是一场梦。

  仆人领着大家走到花园对面,打开了墙上的一扇门,让大家进去。等到大家都进门之后,听到门咔嚓关上了,那位仆人不再跟在他们身边,大伙儿被单独留在一个小屋子里了。四周是石砌的墙壁,脚下是木制的地板,这是一个密不透风的房间,四壁没有一丝裂缝,仅仅是对面的墙上有一扇关起来的门。暗淡的光线弥漫在房间里,但是大家都没有找到光源在哪里。房间的四周还被厚厚的灌木围了起来,比弗雷迪还要高,灌木丛下至上都缀满了洁白的花朵。

  阿曼达姑妈说道:"把这些植物弄坏实在很不好,但是我们也只能穿过它们了。我很想看看那扇门背后有什么。也许是那位老人说的火焰。哦,我不喜欢火。不过我们还是得去看看,来吧。"

大伙儿于是钻进了这片白色的灌木花丛中。

他们噼噼啪啪地弄断了好多面前的枝干,一路往前去,而枝干折断的噼啪声也越来越大了,大伙儿都牢牢地握住手里的沙漏,他们发现只要自己一碰到花朵,花瓣一下子就失去了光泽,变得枯萎不堪,而且紧紧地缠在沙漏上面,大伙儿得费很大力气才能把它们掸下来。失去沙漏是一件很危险的事情,于是他们把沙漏举在自己的头顶上。他们这么做之后,那些花朵和植物好像都被吓得缩了回去。

接着那些植物好像都生气了,那些折断的枝叶一阵一阵地喷了出来,而且还发出嘶嘶的声音,漫无目的地到处喷射白色的火焰,大声地咆哮着。那些折断的枝叶还慢慢点燃了其他植物,房间里一下子变成了一片白色的火海。大家惊恐地被围在火海中间。

他们身上的白色长袍像是一道屏障,挡住了扑过来的火焰,火焰变得越来越猛烈,大伙儿觉得自己一瞬间就会化成灰烬,那白色长袍也将化为乌有了。但是任凭那火焰怎么侵蚀,白色的长袍还是保护大家毫发无损。

一会儿工夫大家都被吓得麻木了,动弹不得。弗雷迪想要大叫出来,但是发不出一点儿声音,他几乎要晕过去了，但是他感到，自始至终，托比先生的手臂一直紧紧地挽着他。

大伙儿紧紧地挤成一团慢慢往前走，火势更加凶猛了，白色火焰不断咆哮着扑过来；大伙儿有点儿惊慌失措，他们又一次停了下来；过了一会儿，他们继续往前走，现在已经没有办法回头了，只有不惜代价走到底；除了火焰，大家已经看不见前面的东西了，于是每个人都伸出手来，直到碰到了对面的墙壁。大伙儿挤成一团，猛推了一会儿，门终于被推开了，大伙儿穿了过去，大门自动在他们身后关了起来。

现在，大家站在人来人往的街道边，明媚的阳光洒在大家身上，身边是一座高墙，墙边排着一排商铺；每个人手上的沙漏都已经空了，白色长袍还是套在大伙儿的身上。

解除封印

大家看看身后,一座高大的石墙矗立在那里,看不到一点儿门的痕迹。

他们穿过一条很窄的街道,地上铺着鹅卵石。在街对面是一长排小店铺,人们从里面进进出出,还有些人在商店橱窗前面走过,不时扫上两眼。一辆牛车慢慢悠悠地沿着街道驶过来。

弗雷迪好像曾经梦见过类似的景象,明媚的阳光,熙熙攘攘的人群,自己身着白色长袍,现在他感到一丝和梦中相似的恐惧。他左顾右盼,想要找一个地方能躲起来。现在还没有人注意到他们,但这是迟早的事,要是他们不能马上找到藏身之处的话,情况可就不妙了。

弗雷迪气喘吁吁地说道:"我们最好赶紧跑到一个店里躲一躲,请他们帮忙把我们藏起来,直到我们弄到别的衣服。"

忽然他身边响起了一个柔和的声音:"啊,不,我不去商店,我得赶快回家了。"

弗雷迪想找阿曼达姑妈,发现阿曼达姑妈已经不在自己身边了。在阿曼达姑妈刚才站的位置上,出现了一位美若天仙的女人,她手上还握着一个空了的沙漏,弗雷迪从来没有见过这么美丽的女人。她很年轻,眼睛像夏日的晴空一般碧蓝,金黄色的头发,洁白的脸颊上染着一丝微红;波浪一般的长发一直垂到她的膝盖;她开心地眨着眼睛,微笑着撇起嘴。弗雷迪望着她,心想世界上应该不会再有比她更美丽的女人了。而她的神情看上去就像是和老朋友久别重逢一样,欣喜而又满足。

弗雷迪的目光转向她的双手,在她的左手第三根手指上,分明戴着一枚红宝石戒指。

弗雷迪结结巴巴地问道:"你是……你是……阿曼达姑妈吗?"

她微笑着看着弗雷迪说道:"我认为我曾经是。我记得这个名字。你……让我想想;你叫什么名字?哦,对了,你叫弗雷迪。现在我们得快点儿了，我们不能让他们等太久。"

弗雷迪转过身来，看到有四个奇怪的人站在自己身边，都如痴如醉地看着那位美丽的女士。每个人手上都握着一个空了的沙漏。

弗雷迪往下左右端详身边两位男人，忽然意识到，自己是在往下看，而不是往上看。他们都比自己矮，自己现在是一个成年人了，那些人的身材都一样，脸庞方方正正，颧骨高耸，鼻子弯弯的，其中一个人头是秃的，另一个人的头发在前额上散开，除开他们的头部不谈，这四个人简直像是一个模子里刻出来的。他们都站得很直。

弗雷迪说道："平齐先生和托比先生！"

秃头的那位说道："听起来很耳熟。"

另一位说道："那是我。"

托比先生身后站着一个戴着眼镜的瘦削男人，他的长袍套在身上显得非常宽松。他的身材苗条修长，光滑的两腮深陷下去，眼镜后面的一双眼睛深邃而庄严；雪白的头发，顺着他的脖子像波浪一样卷曲着流下，像是他脸庞周围的一道光环；他赤脚站在地上，看上去简直就像是教堂窗户上画着的那些圣者。

弗雷迪犹豫着问道："这是……这是……教区委员

吗？"

那位庄严肃穆的男人说道："我有理由相信我曾经使用过这个名字。不过那时的我一直是一个不配称为教士的卑微之徒，我一直是托马斯·坎皮斯的忠实追随者，他的平静和虔诚一直是我的楷模。现在的我才回归到真我，这么说也许太过骄傲了，我想要成为托马斯教士，一个圣徒。"

托比说道："完全不明白他在说什么，不过那是教区委员的声音，不管他把自己叫做托马斯教士还是丹尼尔什么的。委员，欢迎你，我希望你不要介意我下面的语言。我快高兴死了，平齐先生，我们终于甩掉驼背了。我们站得直直的，想站得多直就站得多直，站得像一根针一样直都行。我这辈子从来没有感觉这么好过，该死，要是我能暴打一顿野猫来抒发一下自己的心情就好了。"

平齐先生说道："呜（我）根本没有想到则（这）么做，呜（我）才不会做那些被人骂的事情，则（这）件事灰（非）常可耻。但是每个人都得岑（承）认，一个人摆脱自己背上的包袱之后，一个人终于能够站得仔仔（直直）的之后，他的心情是灰（非）常灰（非）常愉快的……"

托比向四周望着："哈伦先生在哪儿呢？"

一个喜出望外的声音跳了出来："迈克尔·哈伦！"

托马斯教士身后站着一位高大英俊的男子，身材健美得像是位运动员。一头短黑卷发披在头上,双眼放射出幽默的光华;两颊像是红苹果一样红扑扑的;后背挺直,肩膀宽阔,身形苗条;他穿着白色长袍,活脱脱一个刚参加完奥运会比赛,接着穿着长袍去领奖的古希腊短跑选手。

弗雷迪说道:"什么!你能说话了?"

哈伦先生说道:"当然了,我可是一位最能言善辩,滔滔不绝的人物,这可不是开玩笑的。一位爱尔兰绅士永远只能保持沉默,静静地听别人侃侃而谈,自己却一言不发。我的朋友们,这生活可不容易,最后我决定听从自己内心的呼唤,让自己的舌头朗诵出美丽的爱尔兰诗篇——刚刚我脑海里忽然浮现出一个小故事,我得讲给你们听听,有一个爱尔兰人根本不能说话,而他的妻子则是个聋子。有一天,狼跑进了他们家的猪圈,他们养的猪大叫起来,但是男人又说不了话,女人又听不见……"

托比说道:"我猜你一定是能开口了,我希望有时间能听完这个故事,但是我们现在得赶时间。弗雷迪,你觉得我们现在最好……弗雷迪!你嘴唇上面是什么东西?"

弗雷迪摸摸自己的上嘴唇。他摸到一撮柔软的胡须,一下子脸就红了。

平齐先生大叫道:"他比我们都高了,除了安伦先生。呜(我)的神哪!"

弗雷迪看着平齐先生,知道自己有多高了。他又看看自己的双手,几乎和哈伦先生的一样大。他的长袍刚好够到脚踝,弗雷迪知道自己再也不用用手提着它了。

弗雷迪说道:"怎么了? 我一定是长高了。"

托比说:"没错,但是我还是认识你。我得说你大概二十一岁了。"

平齐先生纠正道:"二十二岁。"

忽然大家都沉默了下来。美丽女士在他们的谈话中一直没有开口,只是默默地看着他们每个人微笑。她看上去非常开心,一切忧愁和难堪都与她无关。她笑着看着托比,而其他人都看着她发呆。

她问托比:"你认识我吗?"

托比回答:"你的样子变了,但是我永远都记得阿曼达姑妈,潜藏在外表之下的阿曼达姑妈。这才是阿曼达姑妈该有的样子,在我眼里她一直就是这样。我很高兴你终于找到了自己。"

美丽女士说道:"啊! 我很高兴你们没把我当作陌生人。我现在终于完完全全地了解了你们。你们戴着面具陪伴了我这么久,我现在都不太记得你们那时是什么样子了,因为其实你们一直都和原来一样:我忠实的骑士,"她转向弗雷迪说道,"我的卫士,"她又转向托比先生和平齐先生,"还有我的神父,"她对托马斯教士说道,"我的信使,"她面向着哈伦先生说道,"在我被放逐的时间里你们一直都守护在我的身边,现在我回家了,你们应该依然陪伴着我。"

那位高大的年轻骑士,曾经的弗雷迪说道:"我们希望一直陪伴着你。""但是我们刚刚注意到,有几个人鬼鬼祟祟地盯着我们。我们现在最好找个商店暂避一会儿,找些不那么显眼的衣服换上。"

美丽女士灿烂地笑起来:"不用!我得赶紧回家了。他们已经等了我太久,我现在一刻也等不及了。我认识回去的路,虽然道路变了很多,但是我还记得回去的路。跟我过来!我就要回家了!"

她把自己的沙漏放到弗雷迪手上,接着就沿着街道走起来。她柔软的赤足轻盈地踏在街道上,好像她从来不记得自己曾经瘸过,她满心欢喜,走得飞快。其他人不太放心地看着她,跟在她身后,但是她自己却一点儿也不在乎。一架牛车停在他们旁边,车夫张大着嘴巴看着他们。有几张面孔在商店的窗子里一闪而过,接着几个人影就出现在店门口。有几个人看着他们从身边经过,立刻就跑到最近的店门口,和店主窃窃私语起来。于是有些人开始跟着路上这队穿着白色长袍的奇怪人群。一会儿工夫就有一大群人跟在后面了。弗雷迪看看身后，心里想着应该飞奔甩掉这些人，但是领头的女士却一点儿也没有注意到。

走了一会儿，她转过一个街角，大伙儿发现他们现在身处在一条更加拥挤的街道上。路上挤满了人，而且一片寂静。当这六人队伍出现时，路边有些人开始笑起来。但当他们看到那位女士的面容时，都被惊呆了。过了一会儿，他们开始窃窃私语。人群给这位女士和她的随从们让开了一条道。路上的人们都忘了自己正在做的事，痴痴地发着呆，有些人跑进店里，把其他人喊出来看一眼举世罕见的美人。他们不住地小声说着话，不停点头，最后举起双手，也跟在了这六个人身后。

接着越来越多的人从高塔和屋子里钻出来，加入了追随这位倾国倾城的女士的队伍。

他们在塔城里穿行着，经过了商业街，经过了城市里最大的花园，那六个赤脚穿着长袍的人在前面领路，后面跟着全城的人，队伍越走越长，而且没有人高声喧哗，他们只是敬畏地小声低语。

这队黑压压的人马已经走到了塔群和圆屋顶之间，他们可以看到国王的高塔高高地没入云霄。在道路的尽头，一道庄严的城门屹立在那里。

那位美丽女士的身后早已是人山人海。他们途经的每一间房屋，其中的人都不由自主地加入到队伍中来；生意被丢到脑后，商店和房屋里空无一人；整个城市的人好像都追随着那位美丽的女士聚集到这条街上来了。她没有往身后看，尘世间的一切似乎都与她绝缘，她的双眼闪烁如同晨星，她甚至都忘了自己的伙伴，只是一言不发地直直朝城门走去。身后的人群还是一片默然，只有一些沙沙的私语。

他们走到了城门口，城门两边各有一根大石柱，支撑着青铜的城门，城门大开着。她将左手放到胸前，毫不犹豫地走了进去。身后的人群好像有些波动，接着那五个身着白色长袍的人率先穿过城门，踏进了皇家花园，人群也默默地跟在他们后面，只是敬畏地保持着一段距离。

在前面不远处，一座小山的顶上，坐落着国王的宫殿，屋顶平整，洁白一色，雄伟庄严。

经过了一片树林之后，女士踏上了一片柔软的草坪，向着皇宫走了过去。她慢慢沿着斜坡向上走，五个伙伴跟在她身后，接着是那大片的人群，把整个花园都挤满了。她终于走上了斜坡，左手还是放在自己的心口不动，忽然一条狗吠了起来。

皇宫前面的窗户忽然升了起来，窗前出现了几张面孔。从拱道里奔出来几只白色的卷毛狗，又高又漂亮，狂叫着冲向那位女士。弗雷迪想要挡在她身前，但是她微笑着让他闪开。那些狗冲过来好像想要咬她，但是到了她面前忽然又退开了，接着在她身边乱蹦乱跳，叫得好像嗓子要爆炸一样，它们把鼻子伸到她手上亲昵地蹭着。在宫殿门口的台阶上，分明站着一位面容高贵的男人，身边还有三个孩子。

她看见了那个男人和孩子们，接着忽然捂住了自己的眼睛，呜咽起来，不过她很快又抬起头来，加快了步子，眼睛里闪烁着晶莹的光芒。

站在宫殿门口的男子擦了擦自己的眼睛，目不转睛地注视着她，还有她身后的人山人海。他一手牵着一个小男孩儿，另一手牵着个年纪稍大些的女孩，第三个男孩大概九岁左右，站在他们身旁，他们四人一起走下台阶，朝这位光芒四射的女士走来。

他们在斜坡上相遇了。男子放开孩子，停了下来。这位男子三十岁左右，外表雍容华贵，面容也很英俊。当他驻足在那位女士面前时，人群忽然爆发出一阵呼喊：

"国王万岁！国王万岁！"

他似乎根本没有注意到别人的喊声，只是痴痴地望着面前的女士，最大的那个男孩忽然叫了出来：

"妈妈！"

国王伸出了双手，喊道：

"心爱的人啊,终于!终于!"

她也哭喊道:"亲爱的!"一下子扑入了男子的怀中,把脸深深地埋在他的胸膛里。

孩子们依偎在她身边,流下了喜悦的泪水,她用手紧紧地搂着他们。

人群忽然又山呼海啸起来:

"米兰达皇后万岁!米兰达皇后万岁!"

山上的老人

罗伯特忽然对弗雷迪说道:"有一个老人住在那边山上,我以前见过他。"

这时候他们俩都坐在皇宫前面的草坪上,望着矗立着高塔的远山。阳光普照,万里无云。山脚处还很平缓,然而越往上越发陡峭,到了云雾缭绕的半山腰时简直就似峭壁一般,根本没法攀登了。国王的长子目不转睛地盯着身边高大的年轻人。

他说道:"我喜欢你,我希望你能带我去那座山上采些草莓。你会这么做吗?"

弗雷迪说:"要是皇后同意,我们明天就去。"

皇后已经回到皇宫有一段日子了，这是一段快乐的时光，皇后和她的五位随从都在皇宫中如鱼得水，好像在这里生活过很久一样。托比找到了那两个怪老头，他们俩开了两家靠在一起的店，装着木腿的那位卖烟草，街对面老狐狸做珠宝生意，两个人都过得心满意足，生活安定。第三任副主任进宫晋见了国王和皇后，满口谈的都是他的博物馆的宏伟计划，其中包括保证马修·斯皮克永远不会被大风吹散的保护措施。

曾经的教区委员，现在的圣徒，每天都在皇宫的地下室里忙忙碌碌，忙着临摹国王珍藏古书中的珍贵图画。

平齐先生和托比先生整天在城市中巡察，两个人好奇心十足，遇到什么人都迎上去一通狂侃。

哈伦先生现在的奋斗目标是攀登国王的高塔，每天他都不知所终，他宣称自己一定能登上塔顶，不过直到现在还没有完成，而且看起来前景也不容乐观。

至于弗雷迪，他现在不叫弗雷迪了，国王赐予他一个非常威风的名号——弗雷德里克爵士，大伙儿现在见到他都恭恭敬敬地叫他"爵士"，除了托比有时候叫成了"小吊灯"（"小吊灯"的英文Chandelier和爵士Chevalier发音相近）。说到这位弗雷德里克爵士，他的兴趣就集中在陪着皇后的三个孩子罗伯特、吉纳维芙和詹姆斯玩耍上面。此时此刻，年纪最大的罗伯特正和爵士一起坐在皇宫的草坪上,小声聊着天。

爵士回答道:"我们明天就去。"接着罗伯特继续讲那座山的故事。

罗伯特说:"我见过他一次,就在妈妈离开之前。我那次偷偷跑出了皇宫,在外面乱跑。妈妈很担心。我跑到那座山去玩,弄得满身都是泥,那时候天都黑了!妈妈担心坏了,我跑出去一整天,晚上都没有回来,还带着一身的泥。那时候天黑了,妈妈非常担心。"他停下来把思路整理清楚,接着说道:"那时候那里根本没有那座塔。是在那个老头一晚上建成那座塔之前,你知道这件事吧?我直到晚上还没有回来,简尼——我从来不叫她吉纳维芙,因为她个子比我还矮——简尼不肯跟我一起去,因为她胆小,詹姆斯年纪太小了,所以我只好一个人去。那时候天慢慢黑了,我从山上下来往家走,因为我知道妈妈一定担心坏了,这时候我看到一个老人也从山上下来了,他没有看到我。他背上背着一个大口袋,手里拿着一根长长的木棍,腰上系着一条腰带,又胖又秃。他根本没有注意到我,但是我看得一清二楚,很快他就下山去了,我再也看不见他,接着我就回家了,因为天黑了,妈妈还在担心。"

弗雷迪说道:"那么我们最好别上那里去了。"

罗伯特说:"哦,别这样,那里很好玩的,可以采到很多草莓和鲜花。而且我还想再看到那个老人。你明天会带我去吗?"

弗雷迪说:"好吧,如果皇后同意的话。"

这时候哈伦先生忽然出现了,他和弗雷迪一起走进皇宫,看上去喜气洋洋的。

他开口说:"那座塔的确够高的,想爬到塔顶好像是件不可能的任务,如果真的有塔顶的话。不过迈克尔·哈伦能做到,但要借助帕崔克的骨头才行,别忘了我的话。我今天就差点儿登上去了,那么高……我根本没法用言语表达那种高度。今天我的状态好极了,腿脚灵便,头脑清楚,我迟早能登上那座高塔,那时候我会感到无比骄傲的!等着瞧吧,再见!"

第二天早上,米兰达皇后同意了他们的请求,弗雷迪和罗伯特一起离开了皇宫,前往那座高山。他们在山上玩了一整天,到了下午,他们的干粮都吃光了,两个人都累了,于是他们决定下山去。这时候天也快黑了,他们俩度过了愉快的一天,两人都遗憾时间过得如此之快。他们俩藏在山上一棵橡树下面,望着山下的世界——从皇宫的屋顶望到整个城市。此时万籁俱寂,好像视线中根本没有什么生物,除了天空中的鸟儿一闪而过。弗雷迪开口了:"好了,罗伯特,我猜那个老人已经不在了,走吧,你妈妈一定在担心了。"

他们准备启程回家,忽然一声呻吟把他们俩都吓了一跳。两个人侧耳倾听,发现这声音慢慢地靠近过来。弗雷迪心想这也许是一个虚弱的人在呼唤帮助,于是把罗伯特拉到自己身后,慢慢走到一个高地上,往下面满是岩石和灌木的山谷中望去。他看到的景象让他一下子警觉起来。

一个老人躺在山脚下,双腿盘在一起,仰面朝天。嘴唇一翕一合地发出呻吟,好像在呼唤别人来帮助他。他头都秃了,又矮又胖,一大把白胡子,还系着一条深色的短腰带,脚上穿着一双便鞋。

罗伯特把头伸过弗雷迪的肩膀看了几眼,小声对他说:"就是他!他摔倒了,而且还伤得不轻。"

的确如此,老人很明显摔伤了。弗雷迪爬了下去,单膝跪在他身边。老人看了看弗雷迪,虚弱不堪地说道:

"我的腿,伤了。请帮忙送我回家。"

弗雷迪扶着他站起来,老人接着说道:"我走不了路了,除非你能背着我,要不然我肯定就死在这里了。"

弗雷迪对自己的力量感到很自豪,他相信自己背起这个老人肯定没问题。

于是弗雷迪问道:"你住在哪里啊?"

"在山上,我会给你指路的,求求你背我回家。"

山上的老人

"我尽力而为吧。"

弗雷迪转身背起老人,把老人的双手放在自己脖子上让他抱着,接着就背着他往山上走去。小男孩儿纳闷地看着他们俩。

这趟旅行可不轻松。老人指挥着弗雷迪绕来绕去,穿山越岭,弗雷迪根本就记不清路了。他背上的人也变得越来越重。弗雷迪喘得越来越厉害,步伐越来越沉重,最后他意识到自己再也走不动了。老人好像一心只想回家,小男孩儿在身后跟着,眼睛不停地闪着。

弗雷迪又走了一小段路,忽然感到背上一阵寒意传来,他的肩膀和喉咙都感到很冷,于是弗雷迪碰碰背上的老人,只觉得寒意有增无减,简直是背了一块大冰块在背上。

弗雷迪问道:"快到了吗?"他试图驱散自己身上越来越重的寒意。

老人回答:"没有,继续吧,还远着呢。你不会这么快就累了吧。"

寒意在弗雷迪身上蔓延,他几乎冻僵了。现在弗雷迪浑身发抖,胳膊似乎已经抬不起来了,他觉得自己再也支撑不下去了。于是弗雷迪停了下来。

他说:"我得把你放下来了,我必须休息一会儿。不知道怎么会这么冷。"

老人说道:"不要!不要!快了!继续走啊!"

弗雷迪说:"不行了,我被冻僵了。我现在一点儿力气也没有,我必须歇一会儿。"

他一边说着这些话,一边把老人慢慢放在地上。接着弗雷迪站在那里气喘吁吁,不停地搓着双手来取暖。

老人瞪着他说道:"愚蠢的弱者,去帮我把山边的茴香种子拾回来,快点儿,要不然我会死的。"

弗雷迪和小男孩儿马不停蹄地跑到山脚找了半天,终于采到一些茴香,他们带着这些东西赶忙回到老人身边。

老人这时候已经不见了。

他们找了又找,检查了周围的石块和裂缝。这座山这么陡峭,任何人要在上面跑上跑下都不容易,那位上了年纪、腿又受了伤的老人就更不可能做到了,但是弗雷迪他们始终没有找到他,老人就这么消失了。

弗雷迪和罗伯特开始艰难地往回家的方向走,小男孩儿热情高涨,但是弗雷迪还是和刚才一样浑身冰凉。他还在出汗,但是他额上淌下的汗珠就像冰水一样。弗雷迪的手渐渐麻痹了,以至于一块石头割破了他的手,他都没有注意到。刚才那个老人趴过的背部,现在是弗雷迪全身最冷的地方,现在弗雷迪浑身僵硬得控制不了自己的手臂和身体了。很多次小男孩儿得扶着他以免他摔倒,寒意还在蔓延，他的脚底也快冻僵了。当他们俩经过那座塔时，他的膝盖也几乎弯不了了。小男孩儿扶着他努力帮着他往前走，但是弗雷迪的意识一点儿一点儿逐渐在消失，他举起自己已经没有感觉的一只胳膊，像是一个盲人一样，蹒跚着前行。小男孩儿低声啜泣着，牵着他麻木的手臂，领着他走向皇宫。

　　皇宫的大门开着，小男孩儿哭喊着冲了进去，接着弗雷迪的伙伴们围了过来。脸色苍白的爵士站在宫门前面，眼神空空洞洞，慢慢地倒了下去。

国王的高塔

弗雷迪就这么一病不起了。一个星期过去了，病情一点儿也没有好转。国王也束手无策了，心想爵士熬不过这一关了。皇后每时每刻都在流泪，寸步不离弗雷迪，晚上也泣不成眠，与此同时，哈伦先生也已经踏上攀登高塔的征途好几天了，到现在也是音信全无。

全城最好的大夫也对弗雷迪的病情一筹莫展。弗雷迪每天裹着毯子卧床不起，浑身冰凉，神情麻木得像一块石头。他的眼睛像孩子一样睁得大大的，但是又显得空洞无物，像是深不见底的洞穴一样黑暗。国王在他床边曲下身子，带着鼓励的微笑。皇后和三位皇子站在一边，但是他们根本笑不出来。

国王说道:"振作点儿,爵士,你很快就会康复的,我对你有信心。"

弗雷迪苍白的嘴唇里忽然挤出一丝微弱的声音,不像是成年人的口音,而是孩子的嗓音。

"那不是我的名字……我叫……弗威迪。"

看到爵士已经神志不清了,国王无奈地起身带着皇子们离开,他们走了之后,皇后忽然听到床头再次传来了那种稚气的童音:

"我想见阿曼达姑妈。"

皇后走到床头,弗雷迪仰着头看着她。

他说:"你不是阿曼达姑妈,我想见阿曼达姑妈。"

皇后说道:"那曾经是我的名字,你要和我说话吗?"

弗雷迪又看看她,皇后从他的眼神中看出了陌生感。

他继续说:"我老爸让我来的,托比先生去理发了,我老爸想要一磅卡格洛奇·米奇勒。"

"托比先生就在宫殿里,我肯定……"

"我不知道什么宫殿。我不能再耽搁了,我老爸叫我快点儿回家。"

皇后不再开口,弗雷迪接着又沉沉睡去。夜色降临了,皇后还是坐在弗雷迪身边。天色越来越晚,皇子们都已经睡了很久，国王也在寝宫休息了。整个皇宫寂静无声，只有弗雷迪房间里还有一丝烛光摇曳。皇后还陪在弗雷迪身边照料他。现在弗雷迪双眼紧闭，嘴唇紧紧地合在一起，让人几乎感觉不到他的呼吸。皇后知道他撑不了多久了，于是掩面啜泣起来。

忽然传来了一阵敲门声，皇后站起身来打开房门，发现面前站着托比先生、平齐先生、托马斯教士和哈伦先生。

哈伦先生说道："快点儿，女士，现在到了争分夺秒的时刻了。如果你不介意，我建议你赶紧戴上帽子。我们即将踏上旅程，这个可怜的病人也会和我们一起。快点儿戴好帽子，女士！"

皇后在还没有完全弄明白自己在做什么的情况下，就出了房间，她先跑去皇子们的房间，轻轻地在熟睡的他们的额上都吻了一下，轻念了一句"再见了，宝贝"，凝视了一会儿他们如花蕾般可爱的脸庞，好像要把他们都铭刻在心里一样。

接着她就回到弗雷迪的房间里，肩上披着一块披肩，焦虑地望着那位坐在椅子上，裹着厚厚的毯子的年轻人。他睁着稚气的眼睛，嘴唇边竟然还露出一丝虚弱的微笑。

皇后看看其他人，他们每人手上都握着一个空了的沙漏。

哈伦先生说道:"请拿着您的沙漏好吗,女士,弗雷迪也是一样。"

弗雷迪的沙漏放在房间的一个抽屉里,皇后也很快取来了她的沙漏。

哈伦先生从地板上提起一个帆布袋,把它放到桌子上,接着又把所有沙漏一一放到它旁边,把每个沙漏拧开,把帆布袋里白色的沙子倒进沙漏里。他说道:"没问题的。"接着把每个沙漏都装满了。"要搞到这些沙子着实费了我一点儿力气,不过这可是真材实料,我从那个老头手上弄来的,现在我们要争分夺秒地带着病人找到那个老头,不能等了。我们得回到那个老头身边,接着让他治好弗雷迪,要不然我就不叫迈克尔。"

每个人都紧握着自己的沙漏,里面的沙子也和他们在接受白色火焰考验之前沙漏里的一模一样。

平齐先生和托比先生一人一边从椅子上扶起了弗雷迪,架着他向门口走去。哈伦先生焦急地催促着。

一会儿大家就穿过了大厅,迎着国王的高塔走了过去。这是个明亮的夜晚,夜空中繁星闪烁。

哈伦先生推开塔门,让大家都进去之后,接着从里面把门关上。

他说道:"女士们先生们,我们要去塔顶。我自己已经去过了,塔顶上的人可以拯救我们年轻朋友的性命。"

皇后惊叫起来:"哦!我可上不到塔顶。"她停顿片刻,接着声音逐渐坚定起来:"但是,我会的。如果你意志坚定,那就没有什么做不到的。我们年轻的爵士一路陪伴着我们,现在我也会和他一路同行。我一定会登上塔顶的,什么也吓不倒我。"

哈伦先生说:"这其实不需要多少体力,女士,那个老人给我的沙子可以帮助我们,让攀登变得很简单,要不然他可把我们骗惨了。女士,扶着那位病人。现在我们要准备上塔了,如果那位老人没有戏弄我的话,大家紧握各自的沙漏,看看会有什么事情发生。"

哈伦先生一马当先,接着是皇后,后面是架着年轻爵士的托比先生和平齐先生,穿着长袍和便鞋的托马斯修士殿后。

大家都走得很慢,但是楼梯似乎飞快地在他们脚下滑过。他们刚抬起自己的脚,好多级台阶已经从身后溜了过去,到他们落下脚步时,已经登上了好高。毫无疑问,现在他们一步就能跨上好几千级台阶。

即使是这么快的速度,还是显得长路漫漫。他们不得不时常在楼梯旁的房间里歇歇脚,有时他们从塔上的窗户眺望出去,整个城市在他们眼中成了一个小光点儿。从最后一扇窗户往外看时,他们看到云朵从自己眼前飘过。之后就再也没有窗户了。他们默默地往前走,感到自己脚下的台阶飞速地流逝。大家都注意到自己手里的沙漏一下子漏得比原来快很多了。

墙壁之间的空间忽然显得狭窄了许多,楼梯也远比原来陡峭。大家都气喘吁吁了,平齐先生和托比先生更是精疲力竭,哈伦先生说道:"我们就快到了,坚持一下,别放弃。"

现在楼梯里已经没有房间和窗户了,一片漆黑。大家都看不清病人的脸了,也没人知道他现在是否还活着。沙漏里的沙子大家也都看不见了。

哈伦先生说:"就快到了!再坚持一两分钟。我以前自己上去可是很轻松的。"

平齐先生叹息了一声:"再也走不动了,呜……"

就在这个时候,哈伦先生忽然停下了脚步。他停了好一会儿,大伙儿都暗自高兴终于可以休息片刻,于是挤到哈伦先生身边。

哈伦先生说道:"门就在那里,靠紧我。"

他又往前走了几步,再次停了下来。

他说:"这就是塔顶了,我希望还不是太晚,大家跟在我后面。"

他伸出手去抵在前面的墙上,说道:

"啊!这就是塔顶的大门。现在,睁大眼睛!"

他敲了敲门。

没有回应。

哈伦先生又敲了两下。

门内传来一阵声音,好像是铁链的咔嗒声和门闩的滑动声音。

一丝亮光从墙上透了进来,而且不断地增大,显然,大门慢慢打开了。一位老人出现在门口,右手的灯笼中闪烁着摇曳的烛光。

魔法师的咒语

这是一位相当结实的老人,穿着一件短袍,腰间系了一条带子,脚上穿着双便鞋。他有一点儿驼背,白色的胡须直垂至腰,前额还有几缕白色的头发拂过眼睛。他的眼里闪着幽默的光辉,宽阔的脸庞上洋溢着微笑。

哈伦先生说道:"这就是能救爵士的那位高人。"

托比低声说道:"他就是那位山上的老人。"

米兰达皇后低声警告大家:"他就是造了这座塔的魔法师。"

平齐先生大声喊道:"他是呜(我)的父亲!向您致意,父亲!大刺(吃)一惊吧?见到你太高兴了,呜(我)没想到在则（这）里能遇见你，太棒了！"

老人殷勤地说道："进来吧，平齐，和你的朋友们进来吧。很高兴见到你，我的孩子。要想把你请来有些麻烦，不过最后还是解决了，多亏了我的好朋友哈伦先生。现在把那个小男孩儿放到椅子上，让我们看看能为他做些什么！"

把一个满腮胡须的成年男子称作小男孩儿应该不算礼貌，但是弗雷迪看起来一点儿也不在意，他的大眼睛一直天真地盯着那位老人，嘴边还流露出一丝微笑。弗雷迪被大家扶到房间里的椅子上坐下，平齐先生的父亲把自己手上的灯笼放到桌子上，其他人都望着他们。

现在大家身处在一个小房间里，屋顶非常低。在幽暗的烛光下大家看到这个房间里空空荡荡而且满是尘灰，随处可见蜘蛛网悬挂在墙角，而且房间里看起来没有窗户，有面墙看起来像是一口钟的背面。屋子还有一扇后门，房间四周都堆满了架子，架子上塞满了各种各样的沙漏。

老人注意到了托比对那些架子很感兴趣。

他说道："这是我的储藏室之一，我收集了好多这种沙漏，实际上你在世界上每座钟楼顶上都能发现一间我的储藏室。要收集这些东西得有很大的地方才行。如果你们愿意把各自的沙漏交给我，我就会从你们手里取走它。有个老头从我这里偷走过一次这些玩意儿，但是他再也别想了。

在我离开的时候,他也许可以从我这里偷走这些玩意儿,但是我迟早会从他那里收回来的。"

他从大家手上把那些沙漏取走,接着把它们放到一个架子上。

平齐先生说:"父亲,也许呜(我)猜错了,但是则(这)里真的很眼熟。则(这)里是大钟的背面,那里的门像是……"

老人说道:"你的眼睛很尖啊,真是个了不起的侦探,我的儿子。现在,我们得忙活一会儿了。阿曼达姑妈,你想让我解除你的咒语吗?"

米兰达皇后问道:"你怎么这么叫我?"

"因为这是你的名字。你不知道你是谁吗?"

"我知道自己曾经被封印过,用的是阿曼达姑妈的名字。"

"非也非也。你现在才是被封印了,用的是米兰达皇后的名字。"

"但是地毯店的老人说过他解除了我们的封印啊。"

"非也。你以前是你自己,现在你才是被封印了。"

米兰达皇后说:"我真是被搞糊涂了,我们现在是我们自己吗,还是以前我们是自己?"

托比说道:"这些对我来说太深奥了,我放弃。不管怎样,我们想要知道的是,你能治好爵士吗?"

老人说道:"我能,而且我会治好他。他其实一点儿事都没有,只是迷失了自我。只要他找回了自我,就会康复了。以前他就有过一次机会,但是他没有抓住,他犯下了大错。"

托比问:"什么错?"

"他把那位山上的老人背在背后。如果他只是举着那个老人,那个老人的重量简直轻如鸿毛,他可以带着那个老头健步如飞。但是他不知道这一点。现在让我们纠正他的错误吧。"

托比说道:"好吧,这里不就是'修正'之岛嘛。我现在实在弄不明白什么是错误,什么是修正。好像我们修正了一个错误,现在我们还得再修正那个修正。"

老人微笑着说:"大概就是这回事。我现在要解除你们每个人身上的修正了,然后你们又会成为你们自己,从而摆脱掉这一切虚假的幻象。"

米兰达皇后看着自己手上的红宝石戒指,轻声啜泣起来。而弗雷迪一直目不转睛地盯着老人。

老人在弗雷迪身前弯下身来,脸颊轻轻贴在弗雷迪的额头上,接着将弗雷迪身上的毯子取开,然后蹲在了弗雷迪的膝前。他用上身紧压着弗雷迪的胸膛,和弗雷迪脸贴着脸。几分钟过去了,老人还是没有改变他的动作。其他人看上去忧心忡忡的。弗雷迪脸上逐渐有了血色,眼睛也开始变得炯炯有神。弗雷迪举起双手,把自己的脑袋挪开,冲着老人微笑起来。

老人说:"你感觉好点儿了?"

弗雷迪清晰地回答:"我很好,不过我想我刚才一定病得很重,是这样吗?"

老人说道:"没错。但是接下来你就能回归自我了。现在,把我抱起来,举到头顶上,接着把我抛起来。你做得到吗?"

弗雷迪说:"当然。"接着他很轻松地用双手将老人举了起来,轻轻地抛上天,一点儿也不吃力。

当老人又站回到地板上时,爵士不见了。弗雷迪——那个叫弗雷迪的小男孩儿站在椅子前面,面色通红,目光炯炯。弗雷迪惊讶地望着周围:

"阿曼达姑妈和其他人去哪里了?"

老人说:"稍等片刻,弗雷迪。"他接着说道,"现在,女士,"他对米兰达皇后说,"你愿意把我抱起来,举到头顶上,接着把我抛起来……"

米兰达皇后迟疑地望着他。老人看上去很结实,要让一个女士把他扔上天好像是件荒谬的事情。不过米兰达照做了，她抱起老人时发现他轻得就像是一个婴儿。她高高地举起他。

"现在把我扔上天。"

米兰达皇后轻轻松松就做到了，老人轻盈地落回地面。

"阿曼达姑妈！"弗雷迪大喊道，接着扑入了她怀里。

她说道："上帝保佑！我以为你不会再回来了。其他人去哪里了？幸好这里只有这个老人看到我戴着这顶破破烂烂的帽子。托比·立特巴克怎么没有来？他是不是想让我等他一个晚上啊？我从没见过这样的笨蛋……"

老人说："请稍等，阿曼达姑妈，我很快就会让你见到他。"

老人站到托比面前，告诉他该怎么做。托比像掷一根羽毛一样把他掷了出去。老人落地时还轻轻地跳了一步。

阿曼达姑妈喊道："你这个托比·立特巴克！你就一直让我和弗雷迪在这里傻等着……平齐先生呢，还有其他人呢？"

托比站到她面前，双手插在裤子口袋里，背又变得驼了起来，就像弗雷迪第一次看见他站在老烟草店门口时一模一样。

托比开口说道："我什么地方也没去，阿曼达姑妈，我也不知道平齐先生去了哪里。我又不是他的保镖。我最后一次看到他是在地毯店老人的花园里,他正傻站在花丛里面。还有,要是他自己没法照看好自己,我可不会帮他换尿布。你既然这么想知道,也许这位老先生会告诉你的。"

老人说道:"请稍等,阿曼达姑妈,他很快就会出现了。"

平齐先生举起他父亲,把他扔到天上时,笑得无比开心。老人看起来一点儿也不在意,落地时也和平齐先生一起肆无忌惮地大笑起来。平齐先生一下子就变回了原来的样子:驼背,凸胸,拖着长带子的外套,一如既往的马裤,看起来就和站在老烟草店前面的木台子上时没有什么两样。

平齐先生说道:"灰(非)常高兴能遇见呜(我)的老爸爸,也(你)是一个好爸爸……"

他父亲说:"够了,平齐,现在该轮到教区委员了。"

接着瘦削圣洁的托马斯教士不见了,取而代之的是心宽体胖的老教区委员,在朝着他的老朋友们眨着眼睛。

他说道:"我一直在考虑,毕竟,世界上最惬意的事情莫过于坐在我的摇椅上,在人行道上抽我的烟斗,手上再有一份报纸,夫复何求啊……"

老人说:"现在只剩哈伦先生了。"

哈伦先生一边举起老人,将他抛向空中,一边喋喋不休地说道:"那位哑巴丈夫和那位聋子老婆只交流过一次,那一次……"但是他的声音忽然消失了。他又变回了自己,那个不会说话的哑巴。托比安慰地拍拍他的肩膀,哈伦先生点点头,像往常一样露出了熟悉的微笑。

老人说:"结束了。"

托比问道:"那两个怪老头呢?"

老人说:"他们不会回来了,没必要等他们了。他们俩很久之前就作出了自己的选择。他们现在成就了完全的自我,得到了完全的满足,没必要去打扰他们了。现在,只等你们告别这一切了,希望你们这一趟旅行愉快。"

托比问:"我们走了很远吗?"

老人说:"你会知道的。"他走向对面的门口,把门打开。接着站在一旁,目送大家出去,向每个人致以友善而慈爱的微笑。弗雷迪要离开时,老人忽然捧起弗雷迪的脸,直直地望着他的眼睛,说道:"记住!永远不要把山上的老人背在背上。用你的手托起他,他就会轻得好像一片羽毛,现在再会啦!"

老人轻轻地把他们推了出去,接着关上了门。大伙儿在黑暗中慢慢地走下楼梯,托比抓着弗雷迪的胳膊,平齐先生扶着阿曼达姑妈。在黑暗中简直是伸手不见五指,大家根本不知道自己身在何处,最后大家伸手到处乱摸,终于顺着墙摸到了一扇旋转门。大家穿过那扇门继续走,托比的膝盖好像在黑暗中撞上了什么东西。

托比说道:"是长椅!这里还有好多长椅。这么多长凳,简直像是教堂一样。"

高高的窗户透出一点儿微暗的光线,教区委员借着这微弱的光线东绕西绕,好像很熟悉这个地方一样,一会儿就走没影儿了。又过了一会儿他折了回来,平静地对大家说道:"这就是个教堂,是我的教堂。这边走,女士们先生们。"

他领着大家往左走去。光线很暗,大伙儿在墙上隐隐约约地看见一扇大门,在大门前大伙儿停了下来,门上方有一扇很大的圆窗。

阿曼达姑妈说:"作为大家的船长,我的命令是,打开门,看看会发生什么。"

教区委员说道:"啊,啊,女士。"接着推开了门。

接着大家走了出去,站在教堂前碎石铺成的人行道上,满天星光从大家头上洒了下来,一把空着的椅子安安稳稳地立在大家眼前。

"啊!"教区委员大叫了一声,接着坐了上去。

阿曼达姑妈喊道:"上帝保佑!我们回家了!"

托比说道:"没错!这是我们的街道,我从这里几乎能看见烟草店了。"

平齐先生说道:"经过这次的冒险,呜(我)发现四(世)界上最让人高兴的事情就是安静地站在木台子上,看着老朋友们在烟草店门口进进出出,等着大钟的指针走到一起,然后就去放松一下……"

托比对弗雷迪喊道:"好了,小家伙,跟我来。平齐先生,你带阿曼达姑妈回家。我把弗雷迪安全送回家就去找你。"

于是阿曼达姑妈和平齐先生肩并肩往老烟草店走去,哈伦先生也走向高特街剧院,那里再也不会有小怪物找麻烦了,它们都被圣水搞定了。教区委员大概宁愿在椅子上多享受一会儿昨日时光,弗雷迪和托比丢下他离开了,教区委员很享受地把双手交叉着放在自己的肚子上面。

弗雷迪和托比手拉着手穿过几条街,晚上不会再有马车了,所以现在没有什么危险。夜色很深了,房屋都披上了一片深色的色调,只有路灯还在闪着最后的一丝光芒。整个街区安静地沉睡着,弗雷迪也不由得打了个呵欠。

弗雷迪的家和其他房屋一样一片黑暗。弗雷迪和托比穿过栅栏上的小门,悄悄地进了弗雷迪家的后院。厨房的门锁上了,但是托比发现了一扇没有插上的窗子,他帮着弗雷迪翻了进去。弗雷迪在托比耳边轻轻说了句晚安，接着就小心翼翼地在一片黑暗中摸上楼，进了自己的房间。

他的床还放在老位置，被子也折得好好的。弗雷迪没有在上床前祷告，他伸着懒腰打了个呵欠，现在他只想在床上好好地睡一觉。弗雷迪脱下衣服，把它们扔在地板上。他知道自己的睡袍在哪里。弗雷迪爬到床上，把被子一直拉到自己的耳朵，把脑袋重重地压在枕头上，深深地叹了口气。

老烟草店

第二天早上弗雷迪醒来时,发现爸爸妈妈都站在自己的床前。

老爸说道:"我想他最好再也不要上那里去了。"

妈妈说:"哦,我觉得其实也没有什么关系。"

"他出去那么久,我告诉过要他早点儿回来,结果看看他在外面鬼混了多久。他要是再在外面混上六个月或是六年,或者更长时间怎么办,他最好再也别去那里了。"

妈妈为弗雷迪辩护道:"哦,我保证他以后会准时回家的。"

弗雷迪开口了:"我可不能保证。去那个岛花了好长时间,还遇上了海盗的麻烦,在到达皇宫前我们又经历了一次可怕的旅程。我们当然不能把皇后抛下,那些皇子希望我一直陪在他们身边,而且我们也根本找不到路回来,只有塔顶上那条路才可以。要是我没有遇上山上的老人,也许我永远也回不来了,平齐先生的父亲治好了我的病。还有船沉时我差点儿淹死,那些海盗差一点儿就把我砍头了,那样你们就永远都见不到我了,然后你们就会非常伤心的。"

老爸朝妈妈点着头说道:

"他最好今天待在床上,我们明天再问他这些事情吧。"

妈妈说:"这样比较好,可怜的小弗雷迪。"

弗雷迪不明白妈妈为什么要叫他"可怜的小弗雷迪",但是经过这次冒险,他的确累坏了,所以他很高兴能在床上休息一整天。

次日早晨,老爸去上班之后,妈妈终于允许弗雷迪起床去外面晒晒太阳,散一小会儿步。弗雷迪沿着街晃晃悠悠地欣赏久别重逢的街道。他的双腿还有一点儿疲劳,大概是在皇宫里的确大病了一场,在一天之内完全复原不太可能。弗雷迪穿过马路,在教堂前面的小路上看见了一位熟悉的老朋友。

教区委员安稳地坐在抵在墙上的椅子里,叼着一支长长的烟斗,看着报纸。他看到弗雷迪走近了,放下报纸,戴着眼镜望向弗雷迪。

他向弗雷迪说道:"早上好,很高兴看到你回来。我还以为你会离开我们了。"他眨着眼睛,弗雷迪早就熟悉他的这种眼神了。

弗雷迪回答道:"是啊,先生,我猜我一定病得很重。"

"毫无疑问,孩子。但是我知道你咬牙挺了过来。"

弗雷迪心想这个教区委员一定又在吹牛了。

弗雷迪接着说:"离开这么久,这街道变得好漂亮啊。你宁愿一直坐在这里吗?"

"没错,孩子。我最喜欢的事情就是坐在这里晒太阳,享受我的烟斗和报纸,拿整个印加帝国的财宝给我都不换。"

弗雷迪很高兴听到教区委员不在乎失去他那份财宝,不过林格船长是否是印加帝国的一员,弗雷迪还有点儿不太明白。

弗雷迪附和道:"我也不在乎那些财宝,能回来是最高兴的事了。"

"孩子,我终于回归本色了。要是你见到托比·立特巴克,告诉他我还活蹦乱跳的,正在休息和思考。"

弗雷迪说道:"没问题,先生。"接着又继续散步了。

当他走到老烟草店时,那里看起来和离开那天没有什么不同。弗雷迪在门口停下了脚步,望着门口的平齐先生。他有点儿希望这个小个子男人能走下来朝他挥挥手,但是平齐先生纹丝不动,甚至都没有看弗雷迪一眼。他手里握着一包黑色的雪茄,要说他脸上有什么神情的话,那就是回归木台子上的平静和满足。弗雷迪看了看钟塔,现在是十点一刻,这个时候平齐先生的父亲大概在世界上其他储藏室里忙着呢。

弗雷迪走进了老烟草店。托比先生正站在柜台后面忙着打开一个烟草包裹。

"啊哈!小家伙!"托比大声和他打招呼,"又回来了,当然了!我好像一年没有看到你了。不过你之前的确病得很厉害,我还以为你要死了,我这辈子还从没见过一个人的脸色那么苍白。你现在好了吗?"

弗雷迪说道:"是的,先生,很高兴能回来。你在店里和以往一样快活吗?"

"我?当然了。就算你把林格船长的财宝全都给我,也不能让我离开这里半步。不能,先生,看看这里,年轻人,你看到那个中国瓷罐不见了,有没有大吃一惊啊?"

弗雷迪望向托比先生身后的货架,很明显,那个中国瓷罐不见了。他当然知道,那个罐子已经永远被埋葬在大海深处了。

托比眨着眼睛说道:"大概是我哪一天把它弄丢了,不知把它放到哪里去了,我也不清楚……不过不管如何,我猜我大概永远找不到它了。它消失了。你不会介意这件事吧?"

弗雷迪说道:"当然不会,先生。"他很高兴托比先生没有继续感到内疚,因为就是他自己把罐子留在"筛子号"上的。

托比说:"好了,现在你最好去见见阿曼达姑妈吧。"

弗雷迪推开烟草店的后门,走进了后面的房间。阿曼达姑妈正坐在桌子旁边做着针线活。

桌上放着蜡花和相册,还有那种带着两片玻璃的玩意儿(眼镜)。整个房间的布置简直就像他们从来也没有离开过一样。

阿曼达姑妈咕噜咕噜地说了一句什么,接着从嘴里吐出一把别针。"小心肝,上帝保佑你,你能回来我太高兴了。你还好吗,坐到这里来。"

弗雷迪像往常一样坐到阿曼达姑妈脚边的坐垫上。他抬起头看着阿曼达姑妈,心想她是否在为自己不再是一位皇后而伤心。

弗雷迪答道:"是啊,我现在全好了。"

"再到店里玩开心吗?"

"是的,我非常开心。"

阿曼达姑妈说道:"啊,是啊,毕竟老香烟店是独一无二的。用一座宫殿跟我换它,我也不干。"

弗雷迪惊讶地问道:"你会吗?"

"不会的。我不愿意待在宫殿里,我在这里才真正心满意足。"

"那么那些孩子呢?"

阿曼达姑妈问道:"孩子?"

"是啊,鲍比,简尼,还有詹姆斯。你知道的。"

阿曼达姑妈凝望着弗雷迪,轻轻低下头叹息了一声。

她说道:"是的,你也知道他们,是吗?我忘了你知道这事。是啊,我非常想念他们,我想到自己失去了他们就哭过很多次,但是他们在我的脑海里,每当我想起他们,我就非常开心,即使我失去了他们。"

弗雷迪说:"詹姆斯是最小的那个。"

阿曼达姑妈说道:"没错。"她轻轻点着头,好像陷入了一阵温柔的回忆。

弗雷迪接着说:"他太小了,不能经常和那两个一起出去玩儿。"

"是啊,他太小了。"

"还有简尼,她从来不会和鲍比一起出去。他很希望和她一起玩儿,可是她总不愿意。"

"是啊,她不愿意。"

"鲍比在外面玩儿了一整天。"

阿曼达姑妈接着弗雷迪的话:"是的,他在外面玩儿了一整天,一直到晚上都没有回来。我不知道他去了哪里。他回来时天早黑了,浑身都是泥。我实在担心坏了。"